精準單字、例句、錄音，
讓你輕鬆備考無煩惱！

使用說明

重點1

精選關鍵必考單字，
用最少的時間掌握最多分數！

　　日文單字的數量如此龐雜，讓你苦惱不知從何下手嗎？本書彙整歷屆日檢N4出題頻率最高的單字，讓你可以在有限的時間內精準掌握必考單字，以「關鍵單字」來戰勝「單字總量」。日檢備考也可以很輕鬆！

重點2

用母語人士的邏輯，
學會直覺單字記憶法！

　　覺得用あーいーうーえーお來做記憶分類效果不彰嗎？本書以あーかーさーたーなーはーまーやーらーわ排序分類成十個單元，並區隔名詞和動詞，讓你擺脫外國人的學習方式，學會用母語人士的邏輯來記憶單字。讓學習更直覺，答題更快速！

目錄

いそが
忙しい　忙碌的
お父さんの仕事がいつも忙しいです。
父親的工作總是很繁忙。
□□□

いた
痛い　痛的、痛苦的
お腹が痛いので、お医者さんに行く。
因為肚子很痛，所以去看了醫生。
□□□

うつく
美しい　美麗的
その美しい女性は誰ですか。　那位美麗的女性是誰？
□□□

いっしょうけんめい
一生懸命　拼命的、努力的
一生懸命な人だったら、きっと成功できる。
若是努力的人，一定會成功的。
◀ Track 054
□□□

いや
嫌　討厭的
ちょっと嫌な感じがする。　有種不好的感受。
□□□

いろいろ
色々　各式各樣的（副詞：種種）
その公園に色々な花が咲いた。　在那座公園內開了各式各樣的花。
□□□

ア行
カ行
サ行
タ行
ナ行
ハ行
マ行
ヤ行
ラ行
ワ行

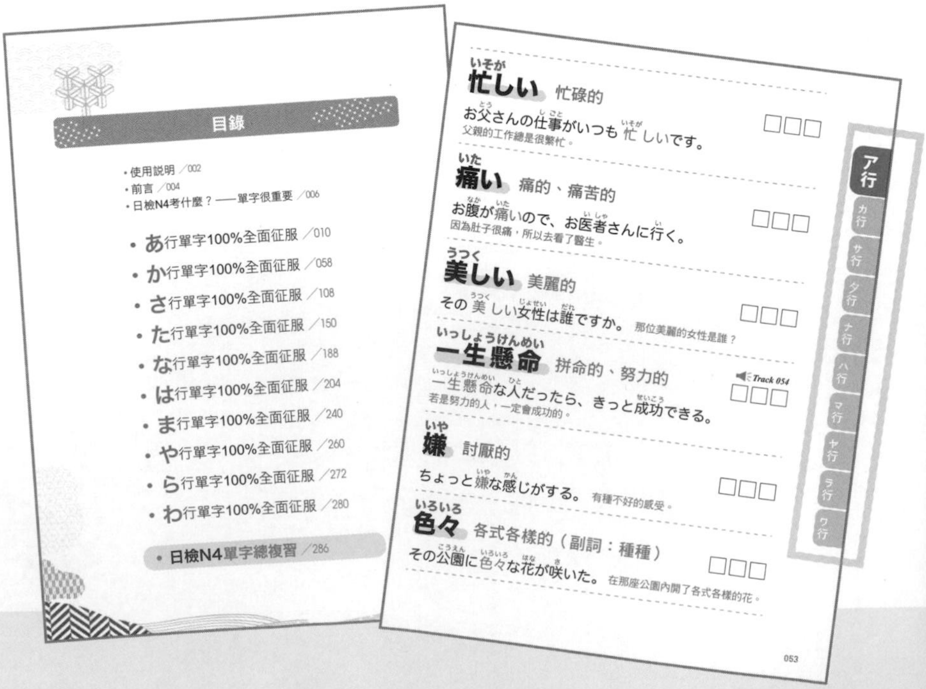

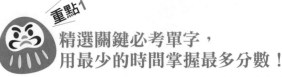

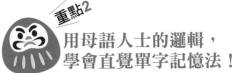

重點3

示範例句難度適中，讓你快速熟悉考試特性！

好的例句，是背單字的神隊友；不好的例句，只會加劇學習時的挫折感。本書精心撰寫針對N4程度的例句，對準備N4日檢的考生而言難度適中，不僅可以幫助讀者理解單字的運用方式，鞏固記憶；更可以幫助讀者在短時間內適應考試特性，從容應試！

【一般名詞】

あ行　か行　さ行　た行　な行　は行　ま行　や行　ら行　わ行

挨拶《あいさつ》　打招呼、問候　Track 001　□□□

（—する：打招呼、問候）

彼女《かのじょ》は人《ひと》に会《あ》うと、いつも笑顔《えがお》で挨拶《あいさつ》する。

她一遇到人總是以微笑打招呼。

アイスクリーム　冰淇淋　□□□

大部分《だいぶぶん》の子供《こども》たちはアイスクリームが大好《だいす》きです。

大部分的孩子都喜歡冰淇淋

間《あいだ》　間隔、距離、期間、中間　□□□

この間《あいだ》、何《なに》をしましたか。這期間做了什麼呢？

青《あお》　藍色　□□□

交差点《こうさてん》の信号《しんごう》は青《あお》になった。十字路口的信號燈轉綠了。

赤《あか》　紅色　□□□

虹《にじ》の七色《なないろ》の中《なか》で、赤《あか》が大好《だいす》きです。彩虹的七個顏色中，我最喜歡紅色。

010

重點4

隨堂小測驗馬上練，即時檢視單元學習成果！

隨堂小測驗

請根據題意，選出正確的選項。

(　) 1.「アルバイト」の経験《けいけん》がありますか。
(A) 租借　(B) 打工　(C) 出國　(D) 比賽

(　) 2. クラスメートを「いじめないで」ください。
(A) 不要交談　(B) 不要接近　(C) 不要作弊　(D) 不要欺負

(　) 3. そこに立《た》っている人《ひと》はちょっと「おかしい」です。
(A) 奇怪　(B) 帥氣　(C) 高的　(D) 瘦的

(　) 4. 会議室《かいぎしつ》に「案内《あんない》」してくれませんか。
(A) 引導　(B) 開燈　(C) 整理　(D) 裝潢

(　) 5. 布団《ふとん》を「押《お》し入《い》れ」にしまってください。
(A) 洗衣機　(B) 抽屜　(C) 日式壁櫥　(D) 箱子

(　) 6. この写真《しゃしん》の隅《すみ》に「写《うつ》って」いる人《ひと》は誰《だれ》ですか。
(A) 照相　(B) 映、照　(C) 描寫　(D) 繪畫

(　) 7. その公園《こうえん》に「色々《いろいろ》」な花《はな》が咲《さ》いた。
(A) 各式各樣的　(B) 顏色豐富的
(C) 繁茂的　(D) 景色優美的

(　) 8. 来 週学校《らいしゅうがっこう》で運動会《うんどうかい》が「行《おこな》われる」。
(A) 去　(B) 參加　(C) 進行　(D) 舉行

解答：1. (B)　2. (D)　3. (A)　4. (A)
5. (C)　6. (B)　7. (A)　8. (D)

056

本書的每個單元後面都有「隨堂小測驗」，一方面讓讀者可以馬上驗收每個單元的學習成果，幫助讀者即時檢視自己的學習成效，發現不足之處可以立刻回過頭來加強。另一方面也鞏固記憶，提高讀者對各單元內容的掌握度。全書讀完後，更有總複習測驗進一步鞏固全書知識。

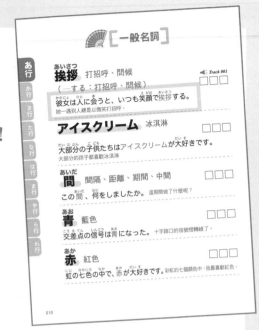

まえがき ＞ 前言

學好日文，不僅可以讓你在日本不受語言限制，來一場深度旅遊，還可以讓你在申請日本學校時有更多選擇，甚至是在現今國際往來密切的職場上有過人的優勢。正如同英文有多益、托福或雅思等英文能力檢定考試，可以幫助你檢視自己的學習成果，並證明自己的語言能力。日文也有日檢認證，是被日本各級學校、公司等採納的重要語言能力證明。

那麼要如何學好日文、通過日檢呢？日文學習如此繁複，又該從何下手呢？若一定要從許多重點中挑一個著手，作為日文學習的首要攻克目標，那麼答案非「日檢單字」莫屬。不論學習什麼語言，單字都是最重要的基石，唯有認真堆砌穩固的基石，才能在其上建立良好的整體語言能力。蓋因單字是組成句子的基礎，即使是對日文一知半解，只要學會單字的意思，用對單字就可以讓別人大致猜出你想表達的意思。況且單字在日檢考試中不僅僅是讓你讀懂題目的「配角」而已，更有許多題目是為特定單字量身打造，這種分數如果沒有順利拿到，真的非常吃虧！

本書擺脫以往日語學習書所採的編寫方式，按日本人的語言邏輯，特別以あ－か－さ－た－な－は－ま－や－ら－わ排序分類成十個單元，並區隔名詞、形容詞和動詞，讓你不再用外國人的思維學日文，改以母語人士的邏輯來記憶單字。讓學習更直覺，答題更快速！搭配專為N4程度所撰寫的例句與外師親錄音檔，讓你聽、説、讀、寫全方位學會日檢單字。

希望本書的貼心巧思可以減輕讀者們的學習負擔，讓日文單字不再是學習日文的大魔王，並幫助各位考生順利考取日檢認證。大家一起加油吧！

目錄

日檢N4考什麼？──單字很重要

正如同準備任何形式的考試，要考好日檢，我們首先要知道日檢的考試範圍、測驗方式，才能做出相對應的準備。綜觀以下考試科目及說明，日文單字的掌握程度對日檢各科目考試都有極大的影響。

為什麼單字很重要？

日本語能力試驗（日檢）屬於國際性測驗，供世界各國日語學習者、日語使用者檢測日語的能力，日檢的成績可以直接反映出受試者的日文能力。由日檢的考試說明，可以看出考試科目雖然有區分「言語知識（文字・語彙）」、「言語知識（文法）・讀解」與「聽解」，但是單字的運用卻不限於文字語彙試題。如果不具備足夠的單字量，不了解單字的涵義，那自然就無法全盤理解文章或對話內容，「言語知識（文法）・讀解」與「聽解」科目的成績自然也不會好。因此，單字的學習是日檢考前準備的首要目標！

日檢N4所需的語言知識

能理解基礎日語。

【讀】可看懂以基本語彙及漢字描述之貼近日常生活相關話題之文章。

【聽】能大致聽懂速度稍慢之日常會話。

日檢N4的考試內容

日檢N4的考試科目包含「言語知識（文字・語彙）」、「言語知識（文法）・讀解」與「聽解」，各科測驗內容如下。

❶「言語知識（文字・語彙）」：

包含「漢字讀法」、「漢字書寫」、「前後關係」、「近義替換」與「用法」。

❷「言語知識（文法）・讀解」：

包含「句子語法」、「文章語法」、「內容理解（短篇、中篇）」與「訊息檢索」。

❸「聽解」：

包含「問題理解」、「重點理解」、「語言表達」與「即時應答」。

日檢N4考試			
測驗科目	第一節	第二節	第三節
	言語知識（文字・語彙）	言語知識（文法）・讀解	聽解
考試時間	25分鐘	55分鐘	35分鐘
成績分項	言語知識（文字・語彙・文法）・讀解 0～120分		聽解 0～60分
通過門檻（單項）	38分		19分
通過門檻（總分）	90分		

※測驗時間可能視情況有所變更。另，「聽解」測驗時間依試題錄音之不同而有異。

JLPT N4

あ／ア行

【一般名詞】

Track 001

挨拶《あいさつ》 打招呼、問候

（—する：打招呼、問候）

彼女《かのじょ》は人《ひと》に会《あ》うと、いつも笑顔《えがお》で挨拶《あいさつ》する。

她一遇到人總是以微笑打招呼。

アイスクリーム 冰淇淋

大《だい》部《ぶ》分《ぶん》の子《こ》供《ども》たちはアイスクリームが大《だい》好《す》きです。

大部分的孩子都喜歡冰淇淋

間《あいだ》 間隔、距離、期間、中間

この間《あいだ》、何《なに》をしましたか。 這期間做了什麼呢？

青《あお》 藍色（少數時候指綠色）

交《こう》差《さ》点《てん》の信号《しんごう》は青《あお》になった。 十字路口的信號燈轉綠了。

赤《あか》 紅色

虹《にじ》の七色《なないろ》の中《なか》で、赤《あか》が大《だい》好《す》きです。彩虹的七個顏色中，我最喜歡紅色。

赤《あか》ちゃん 嬰兒

Track 002

かわいい赤《あか》ちゃんを産《う》みたいです。 我想生可愛的嬰兒。

赤《あか》ん坊《ぼう》 嬰兒

夜《よる》、隣《となり》の赤《あか》ん坊《ぼう》がいつも泣《な》いている。
晚上時，鄰居的嬰兒總是在哭泣。

秋《あき》 秋天、秋季

もうすぐ秋《あき》になります。 就快到秋天了呢。

アクセサリー 首飾

誕生《たんじょう》日《び》プレゼントに新《あたら》しいアクセサリーがいい。
生日禮物我想要新首飾。

朝《あさ》 早上

お父《とう》さんは毎日朝《まいにちあさ》から晩《ばん》まで働《はたら》いている。
爸爸每天都從早工作到晚。

朝《あさ》ご飯《はん》 早餐

Track 003

朝《あさ》ご飯《はん》は何《なに》を食《た》べましたか。 早餐吃了些什麼呢？

明後日《あさって》　後天

□□□

明後日《あさって》のコンサートは楽《たの》しみです。我真期待後天的演唱會。

朝晩《あさばん》　早晚

□□□

天気《てんき》予報《よほう》によると、この一週間《いっしゅうかん》は朝晩特《あさばんとく》に寒《さむ》いみたいです。根據天氣預報，似乎這一周的早晚都會特別冷。

朝日《あさひ》　朝陽、旭日

□□□

起《お》きるとき、朝日《あさひ》が強《つよ》いので、眩《まぶ》しかったです。

起床時朝陽很大，非常刺眼。

足《あし》　腳

□□□

足《あし》をけがして、運動会《うんどうかい》に参加《さんか》できない。

我的腳受傷了，沒有辦法參加運動會。

Track 004

味《あじ》　味道

□□□

あの飲《の》み物《もの》はどんな味《あじ》がしますか。

那個飲料喝起來是什麼味道？

アジア　亞洲

□□□

日本《にほん》はアジアの範囲《はんい》に含《ふく》まれている。

日本包含在亞洲的範圍。

明日《あした》 明天 □□□

明日《あした》は何《なに》をするつもりですか。 明天你有什麼計畫嗎？

明日《あす》 明天 □□□

明日《あす》学校《がっこう》は休《やす》みです。 明天學校放假。

あそこ 那裡、那兒 □□□

あそこで待《ま》ってくれませんか。 可以在那裡稍等一下嗎？

Track 005

遊《あそ》び 遊戲 □□□

ドロケイはどんな遊《あそ》びですか。 警察抓小偷是個怎樣的遊戲？

あたし 我（女生稱自己） □□□

あたしのどこが好《す》きですか。 你喜歡我的哪裡呢？

頭《あたま》 頭、腦筋 □□□

息子《むすこ》さんは本当《ほんとう》に頭《あたま》がいい子《こ》です。 您的兒子真的很聰明呢。

あちら 那裡、那邊 □□□

あちらの塩《しお》を取《と》ってくれませんか。
可以把那裡的鹽巴遞給我嗎？

後《あと》 後面、以後

この後《あと》何《なに》をしますか。 你在這之後要做些什麼呢？

Track 006

アナウンサー 主播、播報員

アナウンサーになるために色々《いろいろ》努《ど》力《りょく》している。
為了當上主播做了許多努力。

あなた 你、妳、您

あなたの力《ちから》を貸《か》してください。 請助我一臂之力。

兄《あに》 哥哥

兄《あに》はその会社《かいしゃ》の社長《しゃちょう》です。 我的哥哥是公司的社長。

姉《あね》 姐姐

姉《あね》の仕事《しごと》は看護士《かんごし》である。 姐姐的工作是護理師。

アパート 公寓

この辺《へん》のアパートを探《さが》しています。 我正在找這附近的公寓。

Track 007

油《あぶら》 油

天《てん》ぷらを油《あぶら》で揚《あ》げる。 將天婦羅以油炸過。

アフリカ　非洲

□□□

アフリカでは満足《まんぞく》に食《た》べられない子供《こども》が大勢《おおぜい》います。

非洲有許多吃不飽的孩子。

余《あま》り　剩餘、過於……而……

（形容詞：過分／副詞：過於……、不怎麼……）

□□□

給料《きゅうりょう》の余《あま》りでかばんを買《か》いたい。

我想用剩餘的薪水來買包包。

雨《あめ》　雨

□□□

雨《あめ》が降《ふ》っています。　現在在下雨。

飴《あめ》　糖

□□□

飴《あめ》と鞭《むち》で子供《こども》を教育《きょういく》する。　以賞罰並重的方式來教育孩子。

Track 008

アメリカ　美國

□□□

アメリカに行《い》った事《こと》がありますか。　你有去過美國嗎？

アルコール　酒精、酒

□□□

このドリンクにはアルコールが含《ふく》まれていません。

這個飲料中不含酒精成分。

アルバイト 打工（―する：打工）

アルバイトの経験《けいけん》がありますか。
你有打工的經驗嗎？

あれ 那個

あれは弟《おとうと》さんですか。 那是你弟弟嗎？

暗証番号《あんしょうばんごう》 密碼

暗証番号《あんしょうばんごう》を忘《わす》れたらまずいです。 忘記密碼的話會很麻煩。

安心《あんしん》 安心、放心

Track 009

（―する：安心／形容詞：安心的）

早《はや》く大人《おとな》になって、両親《りょうしん》を安心《あんしん》させたい。
我想早點長大，讓雙親能夠安心。

案内《あんない》 引導、導覽
（―する：帶路、引導）

会議室《かいぎしつ》に案内《あんない》してくれませんか。 你能夠帶我去會議室嗎？

家《いえ》 房子、家

いつか台北《たいぺい》に家《いえ》を持《も》ちたい。 我總有一天想在台北買間房子。

以下《いか》 以下

□□□

二十歳《はたち》以下《いか》の人《ひと》は飲酒禁止《いんしゅきんし》です。 二十歳以下的人禁止飲酒。

以外《いがい》 以外、除此之外

□□□

息子《むすこ》は漫画《まんが》以外《いがい》に何《なに》も読《よ》まない。
我兒子除了漫畫之外什麼都不看。

Track 010

医学《いがく》 醫學

□□□

医学《いがく》の範囲《はんい》はいろんな分野《ぶんや》に分《わ》かれる。 醫學分為許多領域。

イギリス 英國

□□□

来週《らいしゅう》イギリスへ旅行《りょこう》に行《い》く。 下週要去英國旅行。

いくつ 幾個

□□□

あといくつほしいですか。 還需要幾個呢？

いくら 多少錢

□□□

この靴《くつ》はいくらですか。 這雙鞋要多少錢呢？

池《いけ》 池塘

□□□

庭《にわ》に大《おお》きな池《いけ》があります。 庭院裡有個很大的池塘。

生《い》け花《ばな》 花道、插花

（—をします：插花）

Track 011

□□□

母親《ははおや》の趣味《しゅみ》は生《い》け花《ばな》をすることである。

我的母親的興趣是插花。

意見《いけん》 意見（—する：規勸）

□□□

みんなの意見《いけん》をまとめて、結論《けつろん》を出《だ》した。

集結大家意見後，得出結論了。

以《い》後《ご》 以後、之後

□□□

夜《よる》の十時《じゅうじ》以後《いご》に家《いえ》から出《で》ないでください。

晚上十點之後請不要出門。

異彩《いさい》 大放異彩

□□□

彼女《かのじょ》は芸術界《げいじゅつかい》で異彩《いさい》を放《はな》っている。 她在藝術界大放異彩。

石《いし》 石頭

□□□

その子供《こども》は石《いし》を投《な》げています。 那個孩子正在丟石頭。

医者《いしゃ》 醫生

Track 012

□□□

その医者《いしゃ》の技術《ぎじゅつ》は本当《ほんとう》にいいです。

那位醫生的醫術真的很好。

以上《いじょう》 以上、再、更、既然

□□□

この人《ひと》以上《いじょう》にいい相手《あいて》はいないと思《おも》う。

我想沒有比這個人更好的選擇了。

椅子《いす》 椅子

□□□

そこの椅子《いす》に座《すわ》ってください。 請坐在那張椅子上。

以前《いぜん》 以前

□□□

夜十《よるじゅう》時《じ》以前《いぜん》に帰《かえ》ってください。 請在晚上十點以前回來。

イタリア 義大利

□□□

イタリアに行《い》った事《こと》がありません。 我沒有去過義大利。

Track 013

一《いち》 一、第一

□□□

富士山《ふじさん》は日本一《にほんいち》の山《やま》です。 富士山是日本最高的山。

市《いち》 市集

□□□

毎月第二土曜日《まいつきだいにどようび》に土曜市《どよういち》が開催《かいさい》されています。

每個月的第二個星期六會有週六市集。

いちご 草莓

お母《かあ》さんがいちごを買《か》ってくれた。
媽媽買了草莓給我。

一度《いちど》 一次

もう一度《いちど》行《い》ってください。 請再去一次。

一日《いちにち》 一天

これは一日分《いちにちぶん》の仕事《しごと》です。 這是一整天份的工作。

Track 014

一番《いちばん》 一號、第一名（副詞：最……）

彼《かれ》は期末試験《きまつしけん》で一番《いちばん》になった。
他在期末考時中拿到了第一名。

いつ 什麼時候

来年《らいねん》の運動会《うんどうかい》はいつですか。
明年的運動會在何時呢？

五日《いつか》 五號（日期）、五天

五月五日《ごがついつか》は彼女《かのじょ》の誕生《たんじょう》日《び》です。
五月五號是她的生日。

一緒《いっしょ》 一起、一樣（—する：一起） □□□

一緒《いっしょ》に食《しょく》事《じ》に行《い》きませんか。

要不要一起去吃飯呢？

五《いつ》つ 五個、五歲 □□□

私《わたし》の娘《むすめ》は今年《ことし》五《いつ》つになる。 我的女兒今年五歲。

Track 015

一杯《いっぱい》 一杯（副詞：極限地、充盈地） □□□

今晩《こんばん》一杯《いっぱい》飲《の》みに行《い》かない？ 今晚要去喝一杯嗎？

いつも 平常（副詞：總是） □□□

彼女《かのじょ》はいつも同《おな》じ所《ところ》に座《すわ》っています。

她總是坐在同樣的地方。

糸《いと》 線 □□□

年配《ねんぱい》の人《ひと》にとって、針《はり》に糸《いと》を通《とお》すことは難《むずか》しいです。

對年紀大的人來說，要將線穿入針中很困難。

いとこ 堂（表）兄弟姐妹 □□□

昨日《きのう》いとこの花《はな》ちゃんがうちに遊《あそ》びに来《き》ました。

昨天表妹小花來我家玩。

以内《いない》 以內、之內

二《に》百《ひゃく》円《えん》以内《いない》のお菓子《かし》を買《か》ってください。
請買兩百元以內的甜點。

Track 016

田舎《いなか》 鄉村、鄉下

田舎《いなか》育《そだ》ちの若者《わかもの》はいつも上《じょう》京《きょう》したがります。
鄉下出身的年輕人總是會想去東京。

犬《いぬ》 狗

マンションで犬《いぬ》を飼《か》えません。 在公寓內不能養狗。

祈《いの》り 祈禱

わたしたちの祈《いの》りが神様《かみさま》に通《つう》じた。 神明聽到我們的祈求了。

イベント 活動

毎年《まいとし》の文化祭《ぶんかさい》は生徒《せいと》たちにとっては一大《いちだい》イベントです。
每年的文化祭對學生們來說是很重要的一項活動。

今《いま》 現在、馬上

今《いま》は何《なに》をしていますか。 你現在在做些什麼呢？

Track 017

意味《いみ》 意思（—する：意味）

この詩《し》の意味《いみ》がわかりますか。 你了解這首詩的意思嗎？

妹《いもうと》 （自己的）妹妹

妹《いもうと》は今年《ことし》小学生《しょうがくせい》になった。 我的妹妹在今年成為小學生了。

妹さん《いもうと》 稱呼別人的妹妹、令妹

妹《いもうと》さんはおいくつですか。 令妹今年幾歲了？

イヤリング 垂墜耳環

あなたのと同《おな》じイヤリングを持《も》っていますよ。
我有和你一樣的耳環喔。

入口《いりぐち》 入口

このビルの入口《いりぐち》はどこですか。 這個大樓的入口在哪裡呢？

Track 018

色《いろ》 顏色

暗《くら》い色《いろ》より、明《あか》るいほうが好《す》きです。
比起暗色，我比較喜歡明亮的顏色。

インド 印度 □□□

インドに行《い》った事《こと》がありますか。 你有去過印度嗎？

インドネシア 印尼 □□□

インドネシアに行《い》った事《こと》がない。 我沒有去過印尼。

ウイスキー 威士忌 □□□

ウイスキーはいつもロックで飲《の》みます。
我喝威士忌都是加冰喝。

上《うえ》 上面、上方 □□□

机《つくえ》の上《うえ》に置《お》いてください。 請放在桌子上。

受付《うけつけ》 詢問處、櫃台、接待人員
（—する：受理） Track 019 □□□

受付《うけつけ》で聞《き》いてみたらわかると思《おも》う。
向接待人員詢問的話也許就能了解了。

牛《うし》 牛 □□□

その牧《ぼく》場《じょう》には五《ご》十《じゅっ》頭《とう》の牛《うし》がいます。 那個牧場有五十頭的牛。

後《うし》ろ 後面、背面

□□□

後《うし》ろに何《なに》か付《つ》いていますよ。 你背後好像沾上了東西喔。

嘘《うそ》つき 騙子

□□□

彼《かれ》は嘘《うそ》つきなので、信《しん》じないほうがいい。
他是個騙子，最好不要相信他。

歌《うた》 歌曲

□□□

小《ちい》さいときから、その歌手《かしゅ》の歌《うた》が大好《だいす》きです。
我從小就很喜歡那位歌手的歌曲。

Track 020

内《うち》 裡面、時候

□□□

雨《あめ》が降《ふ》っているから、早《はや》く内《うち》に入《はい》って。
在下雨了，趕快進來裡面吧！

うち 家

□□□

今度《こんど》うちへ遊《あそ》びに来《き》てくださいね。 下次來我家玩吧。

腕《うで》 胳膊

□□□

彼女《かのじょ》は友《とも》だちと腕《うで》を組《く》んで歩《ある》いている。
她和朋友挽著胳膊走著。

うどん 烏龍麵

そばよりもうどんの方《ほう》が好《す》きです。
和蕎麥麵比起來，我比較喜歡烏龍麵。

馬《うま》 馬

馬《うま》に乗《の》った事《こと》がありますか。 你有騎過馬嗎？

Track 021

海《うみ》 海

悩《なや》みがあるとき、いつも海《うみ》で叫《さけ》びたい。
有煩惱的事情時，我總是想去海邊大叫。

裏《うら》 背面、反面

どんな事《じ》情《じょう》にも裏《うら》がある。 什麼事情都有內情。

売《う》り場《ば》 賣場、售貨處

私《わたし》の母親《ははおや》が売《う》り場《ば》で働《はたら》いています。 我的母親在賣場工作。

上《うわ》着《ぎ》 上衣、外衣

彼《かれ》が上《うわ》着《ぎ》を脱《ぬ》いで、走《はし》っている。 他脫掉外衣走著。

運転《うんてん》 駕駛（─する：駕駛） □□□

私《わたし》は自動車《じどうしゃ》の運転《うんてん》を習《なら》っている。 他在學習駕駛汽車。

Track 022

運転手《うんてんしゅ》 司機 □□□

タクシーの中《なか》で運転手《うんてんしゅ》さんの自慢話《じまんばなし》を延々《えんえん》と聞《き》かされた。
在計程車上一直被迫聽司機誇耀自己的事蹟。

運動《うんどう》 運動（─する：運動） □□□

毎日運動《まいにちうんどう》する習慣《しゅうかん》を身《み》につけてください。
請培養每天運動的習慣。

絵《え》 畫 □□□

彼《かれ》は絵《え》を描《か》くことがとても上手《じょうず》だ。 他非常擅長畫畫。

エアコン 空調 □□□

私《わたし》の部屋《へや》にはエアコンがない。 我的房間沒有空調。

映画《えいが》 電影 □□□

どんな映画《えいが》が好《す》きですか。 你喜歡怎樣的電影呢？

Track 023

映画館《えいがかん》 電影院

□□□

彼《かれ》はその映画館《えいがかん》の持《も》ち主《ぬし》です。 他是那間電影院的所有人。

英語《えいご》 英文

□□□

英語《えいご》を教《おし》える先生《せんせい》はとてもきれいです。
教英文的老師非常的漂亮。

駅《えき》 車站

□□□

ここから駅《えき》までは何《なん》キロですか。 從這裡到車站有幾公里？

エスカレーター 電扶梯

□□□

三階《さんがい》のエスカレーターで待《ま》っている。
我在三樓的電扶梯處等著。

枝《えだ》 樹枝

□□□

叔父《おじ》さんが枯《か》れ枝《えだ》を刈《か》った。 叔父將乾枯的樹枝修剪掉。

Track 024

エレベーター 電梯

□□□

そのアパートはエレベーターがない。 那棟公寓沒有電梯。

円《えん》 日圓

今度《こんど》の旅行《りょこう》は三万円《さんまんえん》かかった。
這次的旅行總共花費了三萬日圓。

エンジニア 工程師、技師

彼《かれ》はコンピューターのエンジニアになりたがっている。
他的志願是成為電腦工程師。

鉛筆《えんぴつ》 鉛筆

今鉛筆《いまえんぴつ》を使《つか》う人《ひと》が少《すく》なくなった。 現在越來越少人使用鉛筆了。

遠慮《えんりょ》 客氣（—する：客氣、辭讓）

遠慮《えんりょ》しないで、ゆっくり食《た》べてください。
別客氣，請慢慢享用。

Track 025

応接《おうせつ》間《ま》 會客室、招待室

あの会社《かいしゃ》の社長《しゃちょう》さんが応接《おうせつ》間《ま》で待《ま》っている。
那間公司的社長在會客室中等著。

大阪《おおさか》 大阪

大阪《おおさか》に行《い》きたいです。 我想去大阪。

大勢《おおぜい》 很多人（副詞：人數眾多地） □□□

デパートには人《ひと》が大勢《おおぜい》います。 百貨公司裡人很多。

オートバイ 摩托車 □□□

オートバイに乗《の》れますか。 你會騎摩托車嗎？

オーバー 超過、過度

（—する：超過） □□□

定員《ていいん》がオーバーしました。 已超過規定人數了。

Track 026

お母《かあ》さん 媽媽 □□□

お母《かあ》さんの仕事《しごと》は何《なん》ですか。 令堂的工作是什麼呢？

おかげ 庇蔭、託福 □□□

君《きみ》のおかげですべてが丸《まる》く収《おさ》まった。
託你的福，事情全都圓滿解決了。

お菓子《かし》 點心 □□□

子供《こども》たちはお菓子《かし》が大好《だいす》きです。 小孩子們最喜歡點心了。

［お］金《かね》 金錢 □□□

たくさんのお金《かね》がほしい。 我希望有大量的金錢。

[お]金《かね》持《も》ち　有錢人 □□□

将来《しょうらい》お金《かね》持《も》ちになりたい。 我將來想成為有錢人。

Track 027

[お]客様《きゃくさま》　客戶、客人 □□□

お客様《きゃくさま》、少々《しょうしょう》お待《ま》ちください。 客人請您稍等。

億《おく》　億 □□□

あの社《しゃ》長《ちょう》の年《ねん》収《しゅう》は二《に》億《おく》五《ご》千万《せんまん》ぐらいです。
那個社長的年收入約為兩億五千萬。

奥《おく》　裡面、內部 □□□

一番奥《いちばんおく》の部屋《へや》は誰《だれ》の部屋《へや》ですか。 最裡面的房間是誰的房間呢？

奥《おく》さん　尊夫人、夫人 □□□

奥《おく》さんがきれいですね。 尊夫人相當美麗呢！

屋上《おくじょう》　屋頂 □□□

このデパートの屋上《おくじょう》にはミニ公園《こうえん》がある。
這棟百貨公司的屋頂上有一座迷你公園。

Track 028

贈《おく》り物《もの》 禮物、贈禮 □□□

あなたの才能《さいのう》は神《かみ》からの贈《おく》り物《もの》だ。
你的才能是上天贈與你的禮物。

[お]子《こ》さん 小孩 □□□

お子《こ》さんは今年《ことし》おいくつですか。 您的小孩今年幾歲呢？

[お]酒《さけ》 酒 □□□

お酒《さけ》が飲《の》みたいです。 我想喝酒！

[お]皿《さら》 盤子 □□□

母《はは》がお皿《さら》を洗《あら》っている。 母親在洗盤子。

伯父《おじ》、叔父《おじ》 （自己的）伯父、叔叔 □□□

彼《かれ》はあたしの叔父《おじ》です。 他是我的叔叔。

Track 029

おじいさん 爺爺 □□□

私《わたし》のおじいさんは警察官《けいさつかん》である。 我的爺爺是位警察。

押《お》し入《い》れ 日式壁櫥、壁櫃 □□□

布団《ふとん》を押《お》し入《い》れにしまってください。 請把棉被收納至壁櫥裡。

おじさん

伯父、叔叔、舅舅等男性長輩 □□□

そのおじさんはだれですか。 那位伯父是誰啊？

お嬢《じょう》さん 小姐、千金 □□□

兄《あに》の彼女《かのじょ》はいい所《ところ》のお嬢《じょう》さんです。
哥哥的女朋友是出身好人家的小姐。

お宅《たく》 府上、貴府 □□□

お母《かあ》さんはお宅《たく》にいらっしゃいますか。 請問令堂在府上嗎？

Track 030

[お]茶《ちゃ》 茶、茶葉 □□□

お茶《ちゃ》を飲《の》みませんか。 請問要喝茶嗎？

夫《おっと》 （自己的）丈夫 □□□

夫《おっと》と一緒《いっしょ》に買《か》い物《もの》に行《い》きました。 和先生一起去買東西。

お釣《つ》り 找錢 □□□

三十円《さんじゅうえん》のお釣《つ》りをください。 請找三十日圓。

[お]手《て》洗《あら》い　洗手間

ちょっとお手《て》洗《あら》いに行《い》ってきます。 我去個洗手間。

音《おと》　聲音

さっき変《へん》な音《おと》がしたけど、どうしましたか。
剛才發出了奇怪的聲音，怎麼了嗎？

Track 031

お父《とう》さん　爸爸

お父《とう》さんの仕事《しごと》は何《なん》ですか。 您父親從事什麼工作？

弟《おとうと》　弟弟

弟《おとうと》はまだ卒業《そつぎょう》していなくて、大学生《だいがくせい》です。
我弟弟還沒畢業，還是個大學生。

弟《おとうと》さん　稱呼別人弟弟

弟《おとうと》さんは今年《ことし》おいくつですか。 您的弟弟今年幾歲了？

男《おとこ》　男人

男《おとこ》として、それは情《なさ》けないでしょ。
對男人來說，那樣子很難堪吧！

男《おとこ》の子《こ》 男孩子

□□□

庭《にわ》で男《おとこ》の子《こ》が遊《あそ》んでいる。 男孩在庭院裡玩。

男《おとこ》の人《ひと》 男子

Track 032

□□□

あの男《おとこ》の人《ひと》はちょっと怪《あや》しいです。 那名男子有些奇怪。

一昨日《おととい》 前天

□□□

一昨日《おととい》はどこにいましたか。 前天你人在哪裡呢？

一昨年《おととし》 前年

□□□

一昨年《おととし》のあの事件《じけん》はいまだに忘《わす》れられない。
前年的那個事件我至今仍未忘記。

大人《おとな》 成人、成熟

□□□

早《はや》く大人《おとな》になりたい。 我想趕快長大成人。

踊《おど》り 跳舞、舞蹈

□□□

あの歌手《かしゅ》は踊《おど》りがすごくうまい。 那個歌手的舞技非常好。

Track 033

お腹《なか》 腹部、肚子

お腹《なか》が痛《いた》いです。 肚子好痛。

お兄《にい》さん 哥哥

優《やさ》しいお兄《にい》さんがほしい。 我想要有個溫柔的哥哥。

おにぎり 飯糰

おにぎりの具《ぐ》は何《なに》がいいですか。 你飯糰想要包什麼餡呢？

お姉《ねえ》さん 姊姊

お姉《ねえ》さんはきれいですね。 姊姊很漂亮呢！

[お]願《ねが》い 拜託

お願《ねが》い、静《しず》かにしてください。 拜託大家，請保持安靜。

Track 034

伯母《おば》、叔母《おば》 伯母、姑母

私《わたし》の叔母《おば》は看護師《かんごし》です。 我的姑母是位護理師。

お婆《ばあ》さん 奶奶、外婆

優《やさ》しいお婆《ばあ》さんが大好《だいす》き。 我最喜歡溫柔的奶奶了！

おばさん　伯母、姑母等女性長輩

□□□

おばさんは今《いま》どこですか。 伯母現在在哪裡呢？

[お]話《はなし》　講話、演講、故事

□□□

お話《はなし》を聞《き》いてくれて、ありがとうございました。 謝謝你聽我講話。

[お]風呂《ふろ》　浴池、浴室

□□□

お風呂《ふろ》に入《はい》ってください。 請去洗澡。

Track 035

[お]弁当《べんとう》　便當

□□□

お母《かあ》さんが作《つく》ったお弁当《べんとう》は美味《おい》しいです。 媽媽做的便當真好吃。

おまわりさん　巡警

□□□

おまわりさん、お疲《つか》れ様《さま》です。 巡警先生，辛苦您了！

[お]土産《みやげ》　名產

□□□

つまらないものですが、これは東京《とうきょう》で買《か》ったお土産《みやげ》です。 一點小心意，這是在東京買的名產。

思《おも》い　思考、想

□□□

彼《かれ》はいつも私《わたし》の思《おも》い通《どお》りに行動《こうどう》する。 他的行動總是如我所想。

おもちゃ 玩具

□□□

これは彼《かれ》のお子《こ》さんのおもちゃです。 這是他兒子的玩具。

Track 036

表《おもて》 表面、正面、外面

□□□

このコイン、どっちが表《おもて》ですか。 這枚硬幣哪邊是正面呢？

[お]礼《れい》 道謝

□□□

彼女《かのじょ》は校長先生《こうちょうせんせい》にお礼《れい》を言《い》いました。 她向校長道謝，

オレンジ 柳橙、橘色

□□□

オレンジジュースならいくらでも飲《の》めます。
如果是柳橙汁的話，再多我都喝得下。

終《お》わり 結束、結局

□□□

コンサートの終《お》わりまで楽《たの》しく行《い》きましょう。
到演唱會結束之前都盡情享受吧！

音楽《おんがく》 音樂

□□□

音楽《おんがく》が好《す》きな人《ひと》は決《けっ》して悪《わる》い人《ひと》ではない。
喜歡音樂的人絕對不會是壞人。

Track 037

音楽会《おんがくかい》 音樂會

□□□

来週《らいしゅう》の週末《しゅうまつ》に音楽会《おんがくかい》が開催《かいさい》される。 下週的週末將舉行音樂會。

温室《おんしつ》 溫室

□□□

温室《おんしつ》に花《はな》がいっぱい咲《さ》いている。 溫室中開了許多花朵。

女《おんな》 女人

□□□

あの女《おんな》の言《い》ったことは信《しん》じられません。
那個女人說的話不可信。

女《おんな》の子《こ》 女孩子

□□□

あの女《おんな》の子《こ》はとてもかわいいです。 那個女孩子真可愛！

女《おんな》の人《ひと》 女子

□□□

その赤《あか》い服《ふく》を着《き》ている女《おんな》の人《ひと》はだれですか。
那位穿著紅色衣服的女子是誰啊？

動詞

Track 038

会《あ》う　遇見、碰見（朋友）

□□□

昨日《きのう》駅《えき》で彼女《かのじょ》に会《あ》った。　我昨天在車站遇見她了。

合《あ》う　對、正確、合適

□□□

あの二人《ふたり》はすごく合《あ》う。　那兩個人相當合得來。

上《あ》がる　提高、上升

□□□

妹《いもうと》は階段《かいだん》を上《あ》がっている。　妹妹正在爬樓梯。

開《あ》く　開

□□□

ドアが壊《こわ》れて開《あ》かない。　門壞了打不開。

空《あ》く　空、閒

□□□

この席《せき》は空《あ》いていますか。　這個位子有人坐嗎？

Track 039

開《あ》ける　開、打開

□□□

ドアを開《あ》けてください。　請打開門。

挙《あ》げる　舉、舉行

具《ぐ》体的《たいてき》な例《れい》を挙《あ》げてください。　請舉出具體的例子。

あげる

【与える／やる】的謙讓語、給予

娘《むすめ》の誕《たん》生《じょう》日《び》に人《にん》形《ぎょう》を買《か》ってあげた。
我買了玩偶給女兒當生日禮物。

あびる　淋、浴

日光《にっこう》をあびることが大《だい》好《す》きです。　我喜歡沐浴於陽光之中。

遊《あそ》ぶ　遊玩

あしたどこへ遊《あそ》びに行《い》きたいですか。　明天想去哪裡遊玩呢？

Track 040

集《あつ》まる　聚集

みんなが彼《かれ》の家《いえ》に集《あつ》まった。　大家聚集在他家。

集《あつ》める　集合、集中

友達《ともだち》を集《あつ》めて、パーティーを開催《かいさい》する。　集合朋友並舉行派對。

謝《あやま》る 道歉

□□□

彼女《かのじょ》に謝《あやま》ってください。 請向她道歉。

洗《あら》う 洗滌

□□□

食事《しょくじ》のあと、母《はは》が果物《くだもの》を洗《あら》った。 吃完飯後，媽媽洗了水果。

有《あ》る 有

□□□

みんなは携帯電話《けいたいでんわ》が有《あ》る。 大家都有手機。

在《あ》る 在

Track 041

□□□

私《わたし》の学校《がっこう》はそのコンビニの隣《となり》に在《あ》る。 我的學校在那間便利商店的隔壁。

歩《ある》く 走

□□□

食事《しょくじ》のあと、歩《ある》いて帰宅《きたく》した。 吃完飯之後走路回家。

言《い》う 說、講

□□□

彼《かれ》が言《い》ったことは事実《じじつ》ですか。 他說的是事實。

生《い》きる 生存、有生氣

□□□

どんな事《こと》があっても、生《い》きてほしい。 不管發生任何事，還是希望你活著。

行《い》く 去、往

□□□

昨日《きのう》どこへ行《い》きましたか。 你昨天去哪裡了？

Track 042

いじめる 欺負

□□□

クラスメートをいじめないでください。 請不要欺負同班同學。

急《いそ》ぐ 急、快走、加快

□□□

時間《じかん》がない、急《いそ》いでください。 沒時間了，請加快腳步。

致《いた》す 【する】的謙讓語、做

□□□

このケースは私《わたし》が致《いた》しましょうか。 這個案子交由我來做吧

頂《いただ》く 【食べる、飲む、もらう】的謙讓語、吃、喝、收到

□□□

遠慮《えんりょ》なく頂《いただ》きます。 我就不客氣地享用了。

祈《いの》る 祈禱

彼《かれ》が合格《ごうかく》できるように祈《いの》っている。 祈禱他能夠合格。

Track 043

嫌《いや》がる 厭惡、討厭

どうしてあの人《ひと》はみんなに嫌《いや》がられていますか。

為什麼那個人被大家討厭呢？

いらっしゃる （敬語）來、去、在

お母《かあ》さんはお宅《たく》にいらっしゃいますか。 請問令堂在家嗎？

居《い》る 有、在

今《いま》は会社《かいしゃ》に居《い》ます。 我現在在公司。

要《い》る 要、需要

何《なに》が要《い》りますか。 你需要什麼呢？

入《い》れる 放進、加進、包括、泡茶

紅茶《こうちゃ》に砂糖《さとう》を入《い》れました。 在紅茶中加進了砂糖。

Track 044

植《う》える 種植

父《ちち》は桜《さくら》の木《き》を植《う》えました。 父親種植了櫻花樹。

伺《うかが》う 「尋ねる」的謙讓語、請教、打聽、拜訪 □□□

ちょっと伺《うかが》いますが、この人《ひと》を知《し》っていますか。
我想請教一下，請問你認識這個人嗎？

受《う》ける 接受 □□□

その依頼《いらい》は受《う》けることができません。 無法承接該項委託。

動《うご》く 動、移動、搖動 □□□

仕事《しごと》が終《お》わって、全《まった》く動《うご》きたくない。 結束工作後完全不想動。

歌《うた》う 唱、唱歌 □□□

あしたカラオケへ歌《うた》いに行《い》きませんか。 明天要去唱卡拉ＯＫ嗎？

Track 045

打《う》つ 打、敲、拍 □□□

手《て》を打《う》って喜《よろこ》ぶ。 開心拍手。

写《うつ》す 抄、描寫、拍照 □□□

それはあの時代《じだい》の歴史《れきし》を写《うつ》した小説《しょうせつ》である。
那是描寫該時代歷史的小說。

移《うつ》す 搬、移

彼《かれ》に風邪《かぜ》を移《うつ》さないように気《き》をつけてください。

請小心別把感冒傳染給他了。

写《うつ》る 映、照、透過來

この写真《しゃしん》の隅《すみ》に写《うつ》っている人《ひと》は誰《だれ》ですか。

這張照片中照到在邊邊的人是誰啊？

うなずく 點頭答應

彼《かれ》は一時間《いちじかん》考《かんが》えて、やっとうなずいた。

他考慮了一個小時，終於點頭答應了。

Track 046

生《う》まれる 出生、生

彼女《かのじょ》はアメリカで生《う》まれた。 她在美國出生。

売《う》る 販賣

この店《みせ》で卵《たまご》は売《う》っていますか。 這間店有販賣蛋嗎？

選《えら》ぶ 選擇

この中《なか》で、一番《いちばん》好《す》きな人を選《えら》んでください。

請在這之中選擇你最喜歡的人。

起《お》きる　醒、起來

□□□

何時《なんじ》に起《お》きればいいのでしょうか。　幾點起床比較好呢？

置《お》く　放置

□□□

そのテーブルの上《うえ》に置《お》いてあるものは何《なん》ですか。

放在那張桌子上的東西是什麼？

Track 047

送《おく》る　送、贈送

□□□

時間《じかん》が遅《おそ》いから、車《くるま》で送《おく》りましょうか。

時間很晚了，我開車送你吧？

遅《おく》れる　遲到、遲延

□□□

遅《おく》れたら、謝《あやま》ったほうがいい。　遲到時最好道個歉。

起《お》こす　引起

□□□

その事件《じけん》は彼《かれ》が起《お》こした。　那件事是他引起的。

行《おこな》う　舉行、舉辦

□□□

来週学校《らいしゅうがっこう》で運動会《うんどうかい》が行《おこな》われる。　下週在學校會舉行運動會。

怒《おこ》る 生氣、憤怒

彼女《かのじょ》は何《なん》のために怒《おこ》っていますか。 她是為了什麼在生氣？

Track 048

教《おし》える 教授、指導

その機械《きかい》の扱《あつか》い方《かた》を教《おし》えてください。 請教我那台機器的使用方法。

押《お》す 按、推

あのボタンを押《お》してください。 請按那個按鍵。

教《おそ》わる 受教、跟……學習

私《わたし》は田中先生《たなかせんせい》に英語《えいご》を教《おそ》わっている。 我跟田中老師學習英語。

落《お》ちる 掉落、落下

テーブルからボールが落《お》ちた。 球從桌上掉下來了。

おっしゃる （敬語）說、稱

何《なに》をおっしゃっていますか。 您在說些什麼呢？

Track 049

落《おと》す 扔下、弄掉、使落下

彼女《かのじょ》は帰宅《きたく》して、すぐメークを落《お》とした。 她回家立即卸下妝容。

踊《おど》る 跳舞

□□□

一緒《いっしょ》に踊《おど》りませんか。 要一起跳舞嗎？

驚《おどろ》く 驚嚇、吃驚

□□□

彼《かれ》らの交際報道《こうさいほうどう》を聞《き》いて驚《おどろ》いた。
我很吃驚聽到他們的交往報導。

覚《おぼ》える 記憶

□□□

高校時代《こうこうじだい》の事《こと》はまだ覚《おぼ》えている。 高中時期的事情我都還記得。

思《おも》い出《だ》す 想起

□□□

彼《かれ》に会《あ》うと、昔《むかし》のことを思《おも》い出《だ》す。
一見到他就想起了以前的事情。

Track 050

思《おも》う 想、認為、覺得

□□□

新聞《しんぶん》を読《よ》んで、何《なに》を思《おも》っていますか。 讀過報紙後你怎麼想？

泳《およ》ぐ 游泳

□□□

生徒《せいと》がプールで泳《およ》いでいる。 學生們在泳池中游泳。

降《お》りる 下、降落、下車 □□□

彼《かれ》はバスを降《お》りた。 他下了巴士。

折《お》る 彎折 □□□

もらったお札《さつ》を四等分《よんとうぶん》に折《お》りました。
將拿到的鈔票折成了四等分。

折《お》れる 凹折、斷裂、拐彎、讓步 □□□

鉛筆《えんぴつ》が落《お》ちて芯《しん》が折《お》れました。 鉛筆掉到地上，筆芯摔斷了。

終《お》わる 結束、終了 □□□

仕事《しごと》が終《お》わったあと、すぐ家《いえ》に帰《かえ》る。 工作結束後馬上回家。

形容詞

Track 051

青《あお》い　藍色的

青《あお》い空《そら》を見《み》ると、幸《しあわ》せだと思《おも》う。　看見藍色的天空，我感到很幸福。

赤《あか》い　紅色的

彼女《かのじょ》は赤《あか》い服《ふく》を着《き》ている。　她穿著紅色的衣服。

明《あか》るい　明亮的

照《しょう》明《めい》で部《へ》屋《や》が明《あか》るくなった。　照明將房間變得明亮。

浅《あさ》い　淺的

この鍋《なべ》は浅《あさ》すぎて使《つか》いにくいです。　這把鍋子太淺了很不好用。

暖《あたた》かい、温《あたた》かい　溫暖的、溫熱的

父親《ちちおや》の手《て》が温《あたた》かい。　爸爸的手很溫暖。

Track 052

新《あたら》しい　新的

娘《むすめ》に新《あたら》しい服《ふく》を買《か》ってあげた。　我給女兒買了新的衣服。

暑《あつ》い、熱《あつ》い 熱的

今年《ことし》の夏《なつ》は特《とく》に暑《あつ》いです。 今年的夏天特別的熱。

厚《あつ》い 厚的

この本《ほん》は厚《あつ》くて重《おも》いです。 這本書又厚又重。

危《あぶ》ない 危險的

高所《こうしょ》に立《た》つのは危《あぶ》ないです。 站在高處是很危險的。

甘《あま》い 甜的

甘《あま》いケーキが大好《だいす》きです。 我最喜歡甜甜的蛋糕了。

Track 053

あんな 那樣的

あんな人《ひと》とは二度《にど》と会《あ》いたくない。
那種人我不想再見到第二次。

いい 好的

この靴《くつ》を試着《しちゃく》してもいいですか。 可以試穿這個鞋子？

忙《いそが》しい 忙碌的

□□□

お父《とう》さんの仕事《しごと》がいつも忙《いそが》しいです。

父親的工作總是很繁忙。

痛《いた》い 痛的、痛苦的

□□□

お腹《なか》が痛《いた》いので、お医者《いしゃ》さんに行《い》く。

因為肚子很痛，所以去看了醫生。

美《うつく》しい 美麗的

□□□

その美《うつく》しい女性《じょせい》は誰《だれ》ですか。 那位美麗的女性是誰？

Track 054

一生懸命《いっしょうけんめい》 拼命的、努力的

□□□

一生懸命《いっしょうけんめい》な人《ひと》だったら、きっと成功《せいこう》できる。

若是努力的人，一定會成功的。

嫌《いや》 討厭的

□□□

ちょっと嫌《いや》な感《かん》じがする。 有種不好的感受。

色々《いろいろ》 各式各樣的（副詞：種種）

□□□

その公園《こうえん》に色々《いろいろ》な花《はな》が咲《さ》いた。 在那座公園內開了各式各樣的花。

薄《うす》い 薄的、淺的 □□□

パンを薄《うす》く切《き》ってください。 請將麵包切薄片。

うるさい 吵雜的 □□□

音楽《おんがく》の音《おと》がうるさい。 音樂的聲音很吵雜。

Track 055

嬉《うれ》しい 高興 □□□

今日《きょう》は来《き》てくれて、嬉《うれ》しいと思《おも》う。 今天你能來，我真的很高興。

美味《おい》しい 美味的、好吃的 □□□

母親《ははおや》の手料理《てりょうり》はすごく美味《おい》しいです。 母親做的料理非常好吃。

多《おお》い 多的 □□□

ここは観光客《かんこうきゃく》がいつも多《おお》いです。 這裡一直都有很多觀光客。

大《おお》きい 大的 □□□

手《て》の大《おお》きい男《おとこ》の人《ひと》が好《す》きです。 我喜歡手大的男生。

おかしい 奇怪的 □□□

そこに立《た》っている人《ひと》はちょっとおかしいです。
站在那裡的人有些奇怪。

Track 056

遅《おそ》い 慢的、晚的

□□□

もう遅《おそ》いから、早《はや》く家《いえ》に帰《かえ》りなさい。
已經很晚了，趕快回家吧。

同《おな》じ 一樣的

□□□

同《おな》じ間違《まちが》いを二度《にど》と繰《く》り返《かえ》さないでください。
請不要再犯一樣的錯。

重《おも》い 重的

□□□

かばんが重《おも》いですね。何《なに》を入《い》れましたか。
包包很重呢，裡面都放了些什麼呢？

面白《おもしろ》い 有趣的、有意思的

□□□

この漫画《まんが》は面白《おもしろ》かったです。 這部漫畫真有意思。

隨堂小測驗

請根據題意，選出正確的選項。

(　　) 1.「アルバイト」の経験《けいけん》がありますか。

(A) 租借　(B) 打工　(C) 出國　(D) 比賽

(　　) 2. クラスメートを「いじめないで」ください。

(A) 不要交談　(B) 不要接近　(C) 不要作弊　(D) 不要欺負

(　　) 3. そこに立《た》っている人《ひと》はちょっと「おかしい」です。

(A) 奇怪　(B) 帥氣　(C) 高的　(D) 瘦的

(　　) 4. 会議室《かいぎしつ》に「案内《あんない》」してくれませんか。

(A) 引導　(B) 開燈　(C) 整理　(D) 裝潢

(　　) 5. 布団《ふとん》を「押《お》し入《い》れ」にしまってください。

(A) 洗衣機　(B) 抽屜　(C) 日式壁櫥　(D) 箱子

(　　) 6. この写真《しゃしん》の隅《すみ》に「写《うつ》って」いる人《ひと》は誰《だれ》ですか。

(A) 照相　(B) 映、照　(C) 描寫　(D) 繪畫

(　　) 7. その公園《こうえん》に「色々《いろいろ》」な花《はな》が咲《さ》いた。

(A) 各式各樣的　(B) 顏色豐富的

(C) 繁茂的　(D) 景色優美的

(　　) 8. 来《らい》 週《しゅう》学校《がっこう》で運動会《うんどうかい》が「行《おこな》われる」。

(A) 去　(B) 參加　(C) 進行　(D) 舉行

解答：1. (B)　2. (D)　3. (A)　4. (A)
5. (C)　6. (B)　7. (A)　8. (D)

JLPT N4

か / カ 行

【一般名詞】

Track 057

カーテン　窗簾、布簾

□□□

カーテンを替《か》えたいです。　我想換副窗簾。

カード　卡片

□□□

クレジットカードは使《つか》えますか。　可以使用信用卡嗎？

階《かい》　樓

□□□

そのショップは何階《なんかい》にありますか。　那間店在幾樓？

～回《かい》　～次

□□□

今度《こんど》は第二回《だいにかい》の能力試験《のうりょくしけん》です。　這次是第二次的能力考試了。

海岸《かいがん》　海岸

□□□

その海岸《かいがん》にあるホテルはすごく有名《ゆうめい》です。
位在那個海岸的飯店相當有名。

Track 058

会議《かいぎ》　會議（―する：開會）

□□□

今《いま》は会議中《かいぎちゅう》で、入《はい》ってはいけない。　現在在會議中，不可進入。

会議室《かいぎしつ》 會議室

社長《しゃちょう》は今《いま》会議室《かいぎしつ》にいます。 社長現在在會議室。

外国《がいこく》 外國

外国《がいこく》へ行《い》ったことがありますか。 你有去過外國嗎？

外国人《がいこくじん》 外國人

あの外国人《がいこくじん》はどの国《くに》の人《ひと》ですか。 那位外國人來自哪個國家？

会社《かいしゃ》 公司

その会社《かいしゃ》が社員《しゃいん》を募集《ぼしゅう》している。 我應徵了那家公司的職員。

Track 059

会社員《かいしゃいん》 公司職員

彼氏《かれし》は昔《むかし》あの会社《かいしゃ》の会社員《かいしゃいん》でした。

我男朋友以前是那間公司的職員。

会場《かいじょう》 會場

ここは大学博覧会《だいがくはくらんかい》の会場《かいじょう》です。

這裡是大學博覽會的會場。

階段《かいだん》 樓梯

二階《にかい》の階段《かいだん》で待《ま》ってくれませんか。
可以在二樓的樓梯處等我嗎？

買《か》い物《もの》 買東西（—する：購物）

母親《ははおや》は買《か》い物《もの》に行《い》きましたか。 媽媽去買東西了嗎？

会話《かいわ》 對話、會話（—する：對話）

彼《かれ》とはまともに会話《かいわ》できない。 我無法和他好好對話。

Track 060

帰《かえ》り 回家、歸途

帰《かえ》りにコンビニに寄《よ》って飲《の》み物《もの》を買《か》いました。
回家的時候順便去便利商店買了飲料。

顔《かお》 臉、面子

娘《むすめ》の喜《よろこ》ぶ顔《かお》が見《み》たい。 我想看見女兒喜悅的臉。

科学《かがく》 科學

彼女《かのじょ》の専門《せんもん》は社会《しゃかい》科学《かがく》である。 她專攻社會科學。

鏡《かがみ》 鏡子 □□□

そこには鏡《かがみ》のようにきれいな湖面《こめん》がある。
那兒的湖面如鏡面般美麗。

鍵《かぎ》 鑰匙 □□□

鍵《かぎ》をどこにおいたのか忘《わす》れた。 我忘記把鑰匙放在哪裡了。

Track 061

学生《がくせい》 學生 □□□

そこに学生《がくせい》がいっぱいいる。 那裏有好多學生。

確認《かくにん》 確認（―する：確認） □□□

この情報《じょうほう》の正《ただ》しさを確認《かくにん》してください。
請確認這個情報的正確度。

傘《かさ》 雨傘 □□□

雨《あめ》が降《ふ》るから、傘《かさ》を持《も》って行《い》ってください。會下雨，請帶著雨傘。

火事《かじ》 火災 □□□

火事《かじ》の恐《おそ》ろしさは彼女《かのじょ》が一番《いちばん》知《し》っている。
火災的可怕她最清楚不過了。

歌手《かしゅ》 歌手

今《いま》テレビに映《うつ》っているのは私《わたし》の大好《だいす》きな歌手《かしゅ》です。

現在出現在電視上的是我非常喜歡的歌手。

Track 062

ガス 瓦斯、氣體

出《で》かける時《とき》にガスの元栓《もとせん》を閉《し》めるのを忘《わす》れないでね。

出門時別忘了關閉瓦斯開關喔。

風《かぜ》 風

涼《すず》しい風《かぜ》が吹《ふ》いている。 正吹著涼風。

風邪《かぜ》 感冒

風邪《かぜ》を引《ひ》かないように、注意《ちゅうい》してください。

請注意不要感冒了。

家族《かぞく》 家人

彼女《かのじょ》は何人《なんにん》家族《かぞく》ですか。 她家有幾個人呢？

ガソリン 汽油

ガソリンの不足《ふそく》はみんなが重視《じゅうし》すべき問題《もんだい》です。

汽油不足是大家必須重視的問題。

Track 063

ガソリンスタンド 加油站

彼《かれ》はガソリンスタンドにいます。 他在加油站。

肩《かた》 肩膀

肩《かた》を貸《か》してあげてもいいよ。 我可以幫助你喔，

方《かた》 ～位（ひと的敬語）

この方《かた》はどちら様《さま》でしょうか。 這位是？

片《かた》仮《か》名《な》 片假名

片《かた》仮《か》名《な》を覚《おぼ》えてください。 請記住片假名。

形《かたち》 形狀

娘《むすめ》のプリンは形《かたち》が崩《くず》れていた。 女兒的布丁變形了。

Track 064

課《か》長《ちょう》 課長

私《わたし》の父親《ちちおや》はその会社《かいしゃ》の課《か》長《ちょう》である。

我的父親是那間公司的課長。

月《がつ》 ～月（月份）

九《く》月《がつ》に入《はい》りました。 進入九月了。

格好《かっこう》 外表、姿態、體面 □□□

（形容詞：適當的、恰好的）

あの人《ひと》はおかしな格好《かっこう》をしている。 那個人打扮得很奇怪。

学校《がっこう》 學校 □□□

彼《かれ》は毎日歩《まいにちある》いて学校《がっこう》に通《かよ》っている。 他每天走路上學。

カップ 杯子 □□□

五人分《ごにんぶん》のカップを買《か》った。 我買了五人份的杯子。

Track 065

家庭《かてい》 家庭 □□□

家庭《かてい》の不和《ふわ》は子供《こども》に悪《わる》い影《えい》響《きょう》を与《あた》える。
家庭不和會給孩子造成不好的影響。

角《かど》 角落、轉角 □□□

その角《かど》を左《ひだり》に曲《ま》がってください。 請在那個轉角左轉。

家内《かない》 （自己的）妻子 □□□

家《いえ》のことは家内《かない》に任《まか》せている。 家裡的事我都交給妻子。

彼女《かのじょ》 她、女朋友

□□□

彼女《かのじょ》とはどこで知《し》り合《あ》ったんですか。 你和她是在哪裡認識的？

鞄《かばん》 書包、皮包

□□□

私《わたし》の鞄《かばん》はその机《つくえ》の上《うえ》にあります。 我的皮包放在那個桌子上。

花瓶《かびん》 花瓶

Track 066

□□□

花《はな》も花瓶《かびん》もきれいですね。 花和花瓶都很美麗呢！

歌舞伎《かぶき》 歌舞伎（日本傳統舞蹈）

□□□

彼《かれ》の趣味《しゅみ》は歌舞伎《かぶき》を見《み》る事《こと》です。 他的興趣是看歌舞伎。

壁《かべ》 牆壁

□□□

頭《あたま》が壁《かべ》にぶつかって気絶《きぜつ》した。 頭撞到牆壁昏了過去。

紙《かみ》 紙

□□□

彼女《かのじょ》は電話番号《でんわばんごう》を紙《かみ》に書《か》いている。 她將電話號碼寫在紙上。

髪《かみ》 頭髮

□□□

昨日《きのう》髪《かみ》を切《き》りに行《い》きました。 我昨天去剪頭髮了。

Track 067

髪《かみ》の毛《け》 頭髮

床《ゆか》に落《お》ちている髪《かみ》の毛《け》を掃除《そうじ》した。 把掉在地上的頭髮清理掉了。

カメラ 照相機

カメラにフィルムを入《い》れてください。 請將底片放入照相機中。

火《か》曜《よう》日《び》 星期二

火《か》曜《よう》日《び》にデートにしよう。 星期二去約會吧！

カラオケ 卡拉 OK

高校生《こうこうせい》はよくカラオケに行《い》きます。 高中生時常去卡拉 OK。

ガラス 玻璃

そこにあるガラスの破片《はへん》に気《き》をつけてください。
請小心那兒的玻璃碎片。

Track 068

体《からだ》 身體

体《からだ》の調子《ちょうし》はどうですか。 身體的狀態如何？

彼《かれ》 他、男朋友

みんなは彼《かれ》のことを心配《しんぱい》しています。 大家都在擔心他。

カレー　咖哩

□□□

息子《むすこ》はカレーが大《だい》好《す》きです。　兒子很喜歡咖哩。

カレンダー　月曆

□□□

今年《ことし》のカレンダーを買《か》いましたか。　你買今年的月曆了嗎？

川《かわ》　河川

□□□

その川《かわ》の水《みず》が減《へ》りました。　那條河川的水減少了。

Track 069

代《か》わり　替代

□□□

兄《あに》は父《ちち》の代《か》わりに私《わたし》の面倒《めんどう》をみた。　哥哥代替父親照料我。

考《かんが》え方《かた》　想法

□□□

彼《かれ》の考《かんが》え方《かた》はちょっとおかしいです。　他的想法有點奇怪。

カンガルー　袋鼠

□□□

オーストラリアへカンガルーを見《み》に行《い》きたい。
我想去澳洲看袋鼠。

関係《かんけい》　關係（—する：有關）

□□□

家族《かぞく》との関係《かんけい》はどうですか。　你和家人們的關係如何？

韓国《かんこく》

韓國

韓国《かんこく》に行《い》ったことがないです。 我沒去過韓國。

韓国語《かんこくご》

Track 070

韓語

私《わたし》は週一《しゅういち》で韓国語《かんこくご》教室《きょうしつ》に通《かよ》っている。

我每週會去上一次韓文課。

看護師《かんごし》

護理師

おばあさんは昔《むかし》看護師《かんごし》だった。 祖母以前是位護理師。

漢字《かんじ》

漢字

多《おお》くの日本人《にほんじん》は漢字《かんじ》が苦手《にがて》である。 很多日本人對漢字並不擅長。

乾杯《かんぱい》

乾杯（—する：乾杯）

彼《かれ》の成功《せいこう》のために乾杯《かんぱい》しよう。 為了他的成功乾杯吧！

木《き》

樹、樹木

木《き》に登《のぼ》ることは危《あぶ》ないです。 爬樹很危險。

黄《き》色《いろ》　黄色

Track 071

□□□

黄《き》色《いろ》のシャツが買《か》いたいです。　我想買黃色的襯衫。

気《き》温《おん》　氣溫

□□□

今朝《けさ》の気《き》温《おん》は非常《ひじょう》に低《ひく》かったです。　今天早上的氣溫非常低。

祇《ぎ》園《おん》祭《まつり》　祇園祭（京都知名慶典）

□□□

今年《ことし》の祇《ぎ》園《おん》祭《まつり》はいつですか。　今年的祇園祭什麼時候舉行？

機《き》会《かい》　機會

□□□

機《き》会《かい》があれば、台湾《たいわん》へ遊《あそ》びに行《い》きたいです。　如果有機會的話，我想去台灣旅行。

機《き》械《かい》　機械、機器

□□□

この機《き》械《かい》の扱《あつか》い方《かた》を教《おし》えてください。　請告訴我這個機器的使用方法。

危《き》険《けん》　危險（形容詞：危險的）

Track 072

□□□

危《き》険《けん》な場所《ばしょ》に近《ちか》づかないでください。　請不要靠近危險的地方。

帰国《きこく》 歸國（—する：歸國） □□□

オリンピック選手《せんしゅ》たちは昨日《きのう》フランスから帰国《きこく》した。
奧運選手們昨日自法國歸國。

汽車《きしゃ》 火車 □□□

汽車《きしゃ》に乗《の》って、仙台《せんだい》に行《い》った。 我搭火車去了仙台。

技術《ぎじゅつ》 技術 □□□

その提案《ていあん》は技術上《ぎじゅつじょう》不可能《ふかのう》である。
那個提案在技術上是不可能的。

季節《きせつ》 季節 □□□

暑《あつ》い季節《きせつ》に海《うみ》へ行《い》きたい。 炎熱的季節就想去海邊。

Track 073

規則《きそく》 規則、規定 □□□

私《わたし》が通《かよ》った高校《こうこう》は規則《きそく》の厳《きび》しい学校《がっこう》です。
我之前就讀的高中是間規定非常嚴格的學校。

北《きた》 北方 □□□

北《きた》へ向《む》かってください。 請朝向北方。

ギター　吉他

□□□

ギターが弾《ひ》ける人《ひと》を尊敬《そんけい》している。　我很尊敬會彈吉他的人。

喫茶店《きっさてん》　咖啡店、茶館

□□□

放課後《ほうかご》みんなで一緒《いっしょ》に喫茶店《きっさてん》に行《い》こう。
放學後大家一起去咖啡店吧！

キッチン　廚房

□□□

キッチンで何《なに》をしていますか。　你在廚房做什麼？

Track 074

切手《きって》　郵票

□□□

彼《かれ》の趣味《しゅみ》は切手《きって》を収集《しゅうしゅう》することです。　他的興趣是蒐集郵票。

切符《きっぷ》　車票

□□□

早《はや》く切符《きっぷ》を買《か》ったほうがいいよ。　早點買車票比較好。

絹《きぬ》　絲、綢緞

□□□

その絹《きぬ》の手袋《てぶくろ》はいくらですか。　那個絲質手套要多少錢？

昨日《きのう》　昨天

□□□

昨日《きのう》は何《なに》をしましたか。　昨天你做了些什麼？

機能《きのう》 機能

この機械《きかい》の機能《きのう》はとても便利《べんり》である。 這個機械的機能非常便利。

Track 075

気分《きぶん》 心情、身體狀況

今《いま》はそういうことをする気分《きぶん》じゃない。
現在沒有做那些事的心情，

君《きみ》 （男性對平輩或晚輩的稱呼）你

勉強《べんきょう》は君《きみ》たちの責任《せきにん》だ。 學習是你們的責任。

気持《きも》ち 心情、感覺

あなたなんかに私《わたし》の気持《きも》ちが分《わ》かるわけない。
你怎麼可能會懂我的心情。

着物《きもの》 和服、衣服

彼女《かのじょ》は着物《きもの》を着《き》ている。 她穿著和服。

客《きゃく》 客人

この時間帯《じかんたい》はいつも客《きゃく》が私《わたし》しかいない。
這個時間帶客人總是只有我一個。

Track 076 □□□

キャッシュカード 提款卡

彼《かれ》はキャッシュカードでお金《かね》をおろした。
他用提款卡提取了金錢。

九《きゅう》 九 □□□

今回《こんかい》のテストで九点《きゅうてん》しか取《と》れなかった。
這次的小考我只拿到九分。

救急《きゅうきゅう》 急救 □□□

早《はや》く救急車《きゅうきゅうしゃ》を呼《よ》んでください。 請趕快叫救護車。

急行《きゅうこう》 趕往（―する：趕往） □□□

母《はは》は弟《おとうと》の学校《がっこう》に急行《きゅうこう》した。 媽媽趕去弟弟的學校。

牛丼《ぎゅうどん》 牛肉蓋飯 □□□

その店《みせ》の牛丼《ぎゅうどん》がとても有名《ゆうめい》です。 那家店的牛肉蓋飯非常有名。

Track 077 □□□

牛肉《ぎゅうにく》 牛肉

父親《ちちおや》は牛肉《ぎゅうにく》を食《た》べない。 父親不吃牛肉。

牛乳《ぎゅうにゅう》 牛奶 ☐☐☐

毎日《まいにち》牛乳《ぎゅうにゅう》を一《いっ》本《ぽん》飲《の》む習慣《しゅうかん》がある。

我有每天要喝一瓶牛乳的習慣。

今日《きょう》 今天 ☐☐☐

今日《きょう》は雨《あめ》です。 今天是雨天。

教育《きょういく》 教育（—する：教育） ☐☐☐

彼女《かのじょ》はできるだけ子供《こども》たちにいい教育《きょういく》を受《う》けさせたい。

她想盡可能讓孩子們接受良好的教育。

教会《きょうかい》 教會 ☐☐☐

彼女《かのじょ》は毎週《まいしゅう》の週末《しゅうまつ》に教会《きょうかい》に行《い》っている。

她每個週末都會去教會。

Track 078

教室《きょうしつ》 教室 ☐☐☐

みんなは教室《きょうしつ》で待《ま》ってるよ。 大家都在教室裡等著囉！

競争《きょうそう》 競爭（—する：競爭） ☐☐☐

あの電柱《でんちゅう》まで競争《きょうそう》しよう！ 我們來比賽看誰先抵達那根電線桿吧！

兄弟《きょうだい》 兄弟、兄弟姊妹

□□□

彼女《かのじょ》は三人兄弟《さんにんきょうだい》です。 她家兄弟姊妹共有三人。

強風《きょうふう》 強風

□□□

すごい強風《きょうふう》が吹《ふ》いている。 正吹著很強的風。

興味《きょうみ》 興趣

□□□

彼《かれ》はその話題《わだい》に興味《きょうみ》がない。 他對那個話題沒有興趣。

去年《きょねん》 去年

Track 079

□□□

去年《きょねん》のクリスマスに何《なに》をもらいましたか。
去年的聖誕節你拿到什麼了呢？

キロ[グラム] 公斤

□□□

そのテーブルは何《なん》キロですか。 那張桌子幾公斤？

キロ[メ-トル] 公里

□□□

ここからそこまでは何《なん》キロですか。 從這裡到那裏有幾公里。

禁煙《きんえん》 禁菸

□□□

ここは禁煙《きんえん》ですよ。 這裡禁菸喔！

金額《きんがく》 金額

その車《くるま》の金額《きんがく》はいくらですか。 那台車的金額為多少？

Track 080

金閣《きんかく》寺《じ》 金閣寺（京都著名景點）

金閣《きんかく》寺《じ》はとても有名《ゆうめい》な観光《かんこう》地《ち》です。 金閣寺是非常有名的觀光景點。

銀行《ぎんこう》 銀行

ちょっと銀行《ぎんこう》に寄《よ》ってくる。 我順道去個銀行。

銀行員《ぎんこういん》 銀行員

わたしはあの銀行員《ぎんこういん》の態度《たいど》が不満《ふまん》です。
我對那個銀行員的態度很不滿。

近所《きんじょ》 附近、鄰近

近所《きんじょ》の夫婦《ふうふ》は昨夜《ゆうべ》喧嘩《けんか》した。 住附近的夫婦昨天晚上吵架了。

金曜《きんよう》日《び》 星期五

金曜《きんよう》日《び》はちゃんと休《やす》んでください。 星期五請好好休息。

Track 081

具合《ぐあい》　身體狀況、事物的情況

□□□

体《からだ》の具合《ぐあい》はどうですか。　身體的狀況還好嗎？

空気《くうき》　空氣、氣氛

□□□

空気《くうき》のいい町《まち》に住《す》みたい。　我想住在空氣好的城鎮。

空港《くうこう》　機場

□□□

午後《ごご》三時《さんじ》ごろ空港《くうこう》に到着《とうちゃく》した。　大約下午三點抵達機場。

草《くさ》　草

□□□

庭《にわ》の草《くさ》は私《わたし》の腰《こし》まで伸《の》びました。

庭院裡的草已經長到和我的腰一樣高了。

薬《くすり》　藥

□□□

薬《くすり》を飲《の》む時間《じかん》ですよ。　到吃藥的時間了喔！

Track 082

果物《くだもの》　水果

□□□

果物《くだもの》の中《なか》で、何《なに》が一番《いちばん》好《す》きですか。　你最喜歡哪種水果？

口《くち》 口、嘴

彼女《かのじょ》の料《りょう》理《り》は口《くち》に合《あ》わないです。 她的料理不合我的口味。

靴《くつ》 鞋子

靴《くつ》を履《は》いてください。 請穿鞋子。

靴下《くつした》 襪子

その店《みせ》は靴下《くつした》の専門店《せんもんてん》です。 那間店是襪子的專賣店。

国《くに》 國家

その外国人《がいこくじん》はどの国《くに》の人《ひと》ですか。 那個外國人來自哪個國家？

Track 083

首《くび》 脖子、頸子

首《くび》の細《ほそ》い女《おんな》の子《こ》が好《す》き。 我喜歡有纖細脖子的女生。

雲《くも》 雲

今《いま》は雲《くも》が全然《ぜんぜん》見《み》えない。 現在完全看不到雲。

曇り《くも》 陰天

明日《あした》は曇《くも》りだと予測《よそく》されている。 明天預測是陰天。

クラス　班級

□□□

このクラスの委員長《いいんちょう》はだれですか。　這個班級的班長是誰？

グラス　玻璃杯

□□□

お気《き》に入《い》りのグラスを割《わ》ってしまった。
不小心把喜歡的玻璃杯打破了。

Track 084

グラム　公克

□□□

さっき釣《つ》った魚《さかな》は何《なん》グラムですか。　剛才釣到的魚有幾公克？

クリスマス　聖誕節

□□□

クリスマスに何《なに》をする予定《よてい》なんですか。　你聖誕節有什麼計畫？

グループ　團體

□□□

そのグループのリーダーは誰《だれ》ですか。　那個團體的隊長是誰？

車《くるま》　車子

□□□

私《わたし》たちは遊園地《ゆうえんち》へ車《くるま》で行《い》った。　我們開車去遊樂園。

黒《くろ》　黑色

□□□

彼女《かのじょ》はいつも黒《くろ》ずくめの服《ふく》を着《き》ている。
她總是只穿黑色的衣服。

Track 085

毛《け》 毛

彼氏《かれし》は髪《かみ》の毛《け》を洗《あら》っている。 男友在洗頭髮。

計画《けいかく》 計劃（—する：計劃）

今週《こんしゅう》の週末《しゅうまつ》に何《なに》か計画《けいかく》がありますか。
這週的週末有什麼計劃嗎？

警官《けいかん》 警察

将来《しょうらい》警官《けいかん》になりたいです。 我將來希望成為警察。

経験《けいけん》 經驗（—する：經驗）

アルバイトの経験《けいけん》がない。 我沒有打工的經驗。

経済《けいざい》 經濟

経済《けいざい》危機《きき》が大変《たいへん》だけど、みんなで頑張《がんば》りましょう。
雖然經濟危機很驚人，大家一起加油吧！

Track 086

警察《けいさつ》 警察

弟《おとうと》は警察《けいさつ》になりたいと思《おも》っている。 弟弟希望能成為警察。

携帯電話《けいたいでんわ》　手機　□□□

携帯電話《けいたいでんわ》が鳴《な》っていますよ。　你的手機在響喔。

ケーキ　蛋糕　□□□

大部分《だいぶぶん》の子供《こども》はケーキが大好《だいす》きです。
大部分的孩子都很喜歡蛋糕。

ゲーム　遊戲　□□□

ずっと楽《たの》しみにしていた新作《しんさく》ゲームがようやく発売《はつばい》された。　我一直很期待的遊戲新作終於發售了。

怪我《けが》　受傷（—する：受傷）　□□□

怪我《けが》しないように気《き》をつけてください。　請小心別受傷了。

Track 087

今朝《けさ》　今天早晨　□□□

今朝《けさ》何時《なんじ》に起《お》きましたか。　你今天早上幾點起床？

景色《けしき》　景色、風景　□□□

北海道《ほっかいどう》の景色《けしき》は本当《ほんとう》にきれいです。　北海道的景色真的很美。

消《け》しゴム　橡皮擦

消《け》しゴムを買《か》いに行《い》きます。　我去買橡皮擦。

下《げ》宿《しゅく》　供食宿的公寓

（—する：寄人籬下）

私《わたし》は叔母《おば》の家《いえ》に下《げ》宿《しゅく》している。　我借住在姨母家。

結婚《けっこん》　結婚（—する：結婚）

結婚《けっこん》してください。　請和我結婚。

Track 088

決定《けってい》　決定

決定的《けっていてき》な証拠《しょうこ》を見《み》つけた。　找到決定性的證據了。

月曜《げつよう》日《び》　星期一

約束《やくそく》の日《ひ》は月曜《げつよう》日《び》ですか。　約定好的日子是星期一嗎？

県《けん》　縣

千《ち》葉《ば》県《けん》はすごくいいところです。　千葉縣真是個好地方。

原因《げんいん》 原因

彼《かれ》らが離婚《りこん》した原因《げんいん》は何《なん》ですか。 他們離婚的原因是什麼？

喧嘩《けんか》 吵架、打架

（—する：吵架、打架）

そのカップルは喧嘩《けんか》している。 那對情侶正在吵架。

Track 089

見学《けんがく》 參觀、見習

（—する：參觀、見習）

明日《あした》実地《じっち》に見学《けんがく》に行《い》くつもりです。 明天我預計去現場參觀。

玄関《げんかん》 門口、大門

お客《きゃく》さんは玄関《げんかん》で待《ま》っている。 客人在大門等著。

元気《げんき》 精神、健康

（形容詞：有精神的、健康的）

娘《むすめ》さんは元気《げんき》のいい子《こ》ですね。 您女兒是很有精神的孩子呢！

研究《けんきゅう》 研究（—する：研究）

私《わたし》は環境《かんきょう》科学《かがく》を研究《けんきゅう》している。 我在研究環境科學。

研究会《けんきゅうかい》 研討會

今週《こんしゅう》の土曜日《どようび》に環境保護《かんきょうほご》の研究会《けんきゅうかい》に参加《さんか》するつもりです。 我打算參加這週六的環境保護研討會。

研究者《けんきゅうしゃ》 研究人員

彼《かれ》は生命科学《せいめいかがく》の研究者《けんきゅうしゃ》になりたがっています。

他想成為生命科學的研究人員。

現金《げんきん》 現金（形容詞：現實的）

現金《げんきん》で払《はら》ってください。 請用現金付款。

健康《けんこう》 健康（形容詞：健康的）

健康《けんこう》のために、たばこをやめたほうがいい。

為了健康，最好戒掉抽菸。

見物《けんぶつ》 遊覽、參觀（—する：遊覽、參觀）

夏休《なつやす》みに大阪見物《おおさかけんぶつ》に行《い》きたい。 暑假時我想去遊覽大阪。

個《こ》 ～個

りんごを三個《さんこ》ください。 請給我三顆蘋果。

Track 091

子《こ》 孩子

□□□

あの子《こ》はなぜかずっと私《わたし》を睨《にら》んでいる。
那孩子不知為何一直瞪著我。

公園《こうえん》 公園

□□□

子供《こども》たちは公園《こうえん》で遊《あそ》んでいる。 孩子們在公園玩。

郊外《こうがい》 郊外

□□□

晴《は》れた日《ひ》に郊外《こうがい》へドライブに行《い》くのが趣味《しゅみ》です。
天氣好的日子去郊外兜風是我的興趣。

講義《こうぎ》 講課、講解、講義

（—する：講課）

□□□

その先生《せんせい》の講義《こうぎ》はいつも人気《にんき》がある。 那位老師的課總是很有人氣。

工業《こうぎょう》 工業

□□□

この国《くに》の工業《こうぎょう》は発達《はったつ》している。 這個國家的工業很發達。

Track 092

高校《こうこう》 高中

□□□

高校時代《こうこうじだい》の思《おも》い出《で》は今《いま》でも覚《おぼ》えている。
高中時期的回憶我現在依然記得。

高校生《こうこうせい》 高中生

□□□

その女子《じょし》高校生《こうこうせい》はすごくかわいいです。 那名女高中生非常可愛。

交差点《こうさてん》 十字路口

□□□

その交差点《こうさてん》で起《お》こった交通事故《こうつうじこ》が多《おお》い。

那個十字路口時常發生交通事故。

工場《こうじょう》 工廠

□□□

叔父《おじ》は工場《こうじょう》で働《はたら》いている。 伯父在工廠工作。

高速道路《こうそくどうろ》 高速公路

□□□

高速道路《こうそくどうろ》の渋滞《じゅうたい》がひどく、帰《かえ》るのにいつもより何倍《なんばい》も時間《じかん》がかかった。

高速公路塞得很嚴重，比平常花了好幾倍的時間才回到家。

紅茶《こうちゃ》 紅茶

Track 093

□□□

この紅茶《こうちゃ》はどこで買《か》いましたか。 這個紅茶是在哪裡買的？

校長《こうちょう》 校長

□□□

私《わたし》の父《ちち》はその学校《がっこう》の校長《こうちょう》である。 我的父親是那間學校的校長。

交通《こうつう》 交通

□□□

駅《えき》までの交通《こうつう》はとても便利《べんり》です。 前往車站的交通十分便利。

講堂《こうどう》 禮堂

□□□

学校《がっこう》の講堂《こうどう》に集合《しゅうごう》してください。 請到學校的禮堂集合，

高等学校《こうとうがっこう》 高中

□□□

高等学校《こうとうがっこう》を卒業《そつぎょう》して、仕事《しごと》を探《さが》している。
我從高中畢業，正在找工作。

交番《こうばん》 派出所

Track 094

□□□

拾《ひろ》ったお金《かね》を交番《こうばん》に届《とど》けてください。 撿到的錢請交至派出所。

神戸《こうべ》 神戸

□□□

神戸港《こうべこう》の夜景《やけい》はすごくきれいです。 神戸港的夜景非常漂亮。

公務員《こうむいん》 公務員

□□□

丸一年勉強《まるいちねんべんきょう》をして公務員試験《こうむいんしけん》に受《う》かりました。 用功了整整一年，考上了公務員。

声《こえ》 聲音

優《やさ》しい声《こえ》で怖《こわ》い話《はなし》をした。 用溫柔的聲音說了很恐怖的話。

コース 路線、課程

マラソンのコースを教《おし》えてください。 請告訴我馬拉松的路線。

Track 095

コート 大衣

入《はい》る前《まえ》に、コートを脱《ぬ》いでください。 進來前請先脫掉大衣。

コーヒー 咖啡

コーヒーを飲《の》んだら落《お》ち着《つ》ける。 喝咖啡就能鎮定下來了。

コーラ 可樂

コーラは美味《おい》しいけど、体《からだ》によくないです。
可樂很好喝，但對身體不好。

ご家族《かぞく》 家人（客氣用語）

ご家族《かぞく》は最近《さいきん》どうですか。 您家人最近都還好嗎？

ご兄弟《きょうだい》 兄弟姊妹（客氣用語）

ご兄弟《きょうだい》との関係《かんけい》はどうですか。 您跟您兄弟姊妹的關係如何？

Track 096

国際《こくさい》 國際

□□□

あの歌手《かしゅ》は国際的《こくさいてき》なスターです。 那名歌手是國際巨星。

黒板《こくばん》 黑板

□□□

転校生《てんこうせい》は自分《じぶん》の名前《なまえ》を黒板《こくばん》に書《か》いた。
轉學生將自己的名字寫在黑板上。

ここ 這裡（近己方）

□□□

ここは私《わたし》の母校《ぼこう》です。 這裡是我的母校。

午後《ごご》 下午

□□□

午後《ごご》二時《にじ》に終了《しゅうりょう》しました。 在下午兩點結束了。

九《ここの》日《か》 九號、九天

□□□

今月《こんげつ》の九《ここの》日《か》に何《なに》か予定《よてい》がありますか。
這個月的九號你有什麼預定嗎？

Track 097

九《ここの》つ 九個、九歲

□□□

猫《ねこ》は九《ここの》つの命《いのち》があるという伝説《でんせつ》を聞《き》いた事《こと》がありますか。 你有聽說過貓咪有九條命的傳說嗎？

心《こころ》 心

□□□

心《こころ》の中《なか》は混乱《こんらん》している。 心裡很混亂。

腰《こし》 腰

□□□

先月《せんげつ》の事故《じこ》で腰《こし》を痛《いた》めた。 上個月發生意外傷到了腰。

ご主人《しゅじん》 丈夫（客氣用語）

□□□

ご主人《しゅじん》の帰宅《きたく》時刻《じこく》は何時《なんじ》ですか。 您丈夫的回家時間是幾點？

故障《こしょう》 故障

□□□

彼《かれ》の車《くるま》が故障《こしょう》しました。 他的車故障了。

午前《ごぜん》 上午

Track 098

□□□

この活動《かつどう》は午前《ごぜん》九時《くじ》から開催《かいさい》する。
這個活動上午的九點開始舉行。

答《こた》え 回答、答案

□□□

彼女《かのじょ》の答《こた》えには不満《ふまん》を持《も》っている。 我對她的回答感到不滿，

御《ご》馳《ち》走《そう》 佳餚（—する：款待） □□□

テーブルの上《うえ》にご馳走《ちそう》がいっぱい並《なら》んでいる。
桌上擺滿了佳餚。

こちら 這邊（ここ的禮貌型） □□□

こちらに向《む》かってください。 請朝向這邊。

コップ 杯子、玻璃杯 □□□

コップが足《た》りないので、買《か》ってくれませんか。
杯子不夠了，可以幫忙買嗎？

Track 099

事《こと》 事情 □□□

さっき言《い》った事《こと》、誰《だれ》にも言《い》わないでね。
剛才說的事情，別告訴任何人喔。

今年《ことし》 今年 □□□

今年《ことし》は二十歳《はたち》になった。 今年要二十歲了。

言葉《ことば》 語言、單字 □□□

適切《てきせつ》な言葉《ことば》を選《えら》んでください。 請選出適當的單字。

子供《こども》 孩子、兒女

彼《かれ》らは子供《こども》の教育《きょういく》をとても重視《じゅうし》している。 他們很重視對孩子的教育。

小鳥《ことり》 小鳥

小鳥《ことり》を飼《か》ったことがある。 我有養過小鳥。

Track 100

この間《あいだ》 日前、前些天

この間《あいだ》、迷惑《めいわく》をかけてすみませんでした。
不好意思前些天給您添麻煩了。

ご飯《はん》 米飯

昼《ひる》ご飯《はん》を食《た》べましたか。 你吃午飯了嗎？

コピー 影本（—する：影印、複印）

この通知書《つうちしょ》をコピーしてくれませんか。
這個通知書可以影印給我嗎？

細《こま》かいお金《かね》 零錢

タクシーに乗《の》るとき、細《こま》かいお金《かね》を準備《じゅんび》しておいたほうがいい。 搭乘計程車時，先準備零錢比較好。

ごみ　垃圾

道《みち》にごみを捨《す》てないでください。 請不要把垃圾丟在路上。

Track 101

米《こめ》　米

実家《じっか》はお米《こめ》を作《つく》る農家《のうか》です。 我的老家是種米的農家。

ご両親《りょうしん》　父母（客氣用語）

今《いま》ご両親《りょうしん》はご在宅《ざいたく》ですか。 您父母現在在家嗎？

ゴルフ　高爾夫

父親《ちちおや》の趣味《しゅみ》はゴルフである。 父親的興趣是打高爾夫。

これ　這個

これは誰《だれ》の傘《かさ》ですか。 這是誰的傘？

今月《こんげつ》　本月

今月《こんげつ》の一日《ついたち》は私《わたし》の誕生日《たんじょうび》です。 本月的一號是我的生日。

Track 102

コンサート　演奏會

あのバンドのコンサートを見《み》に行《い》きたいです。

我想去看那個樂團的演奏會。

今週《こんしゅう》 本週

今週《こんしゅう》の土曜日《どようび》に何《なに》をするつもりですか。 本週的星期六有什麼預定嗎？

コンタクトレンズ 隱形眼鏡

コンタクトレンズを落《お》としてしまって見《み》つからない。
隱形眼鏡掉了找不到。

今度《こんど》 這回、下一次

今度《こんど》一緒《いっしょ》に行《い》きましょうよ。 下次一起去吧！

今晩《こんばん》 今晚

今晩《こんばん》のご注文《ちゅうもん》は何《なん》ですか。 今晚要點些什麼？

コンビニ 便利商店

コンビニにミルクを買《か》いに行《い》った。 我去便利商店買牛奶。

コンピューター 電腦

貯金《ちょきん》して、コンピューターを買《か》いたい。 我想存錢買電腦。

【動詞】

Track 103

買《か》う 買

□□□

コンビニに飲《の》み物《もの》を買《か》いに行《い》く。 我去便利商店買飲料。

飼《か》う 飼養

□□□

うちは猫《ねこ》を飼《か》っています。 我家有養貓。

返《かえ》す 歸還

□□□

早《はや》く本《ほん》を返《かえ》してください。 請趕快歸還書籍。

変《か》える 改變

□□□

彼《かれ》はこの世界《せかい》を変《か》える野望《やぼう》がある。 他有改變這個世界的野心。

帰《かえ》る 回覆、回來

□□□

十《じゅう》時《じ》ごろ家《いえ》に帰《かえ》るつもりです。 預計十點左右回家。

Track 104

かかる 花費（時間、金錢）

□□□

六年《ろくねん》かかって、やっと卒業《そつぎょう》できた。 花了六年，總算能畢業了。

書《か》く 寫、畫

□□□

自分《じぶん》の名前《なまえ》を書《か》いてください。 請寫下自己的名字。

掛《か》ける 蓋、掛上

□□□

父《ちち》が窓《まど》にカーテンを掛《か》けた。 父親將窗戶掛上窗簾了。

飾《かざ》る 裝飾

□□□

リビングに家族写真《かぞくしゃしん》を飾《かざ》りました。 在客廳擺上全家福的照片。

貸《か》す 借出

□□□

彼《かれ》にお金《かね》を貸《か》してもらいました。 我向他借了錢。

Track 105

片付《かたづ》ける 整理、收拾

□□□

部屋《へや》が汚《きたな》いので、早《はや》く片付《かたづ》けてください。
你的房間很髒亂，請盡快整理。

勝《か》つ 勝、戰勝、克服

□□□

一点《いってん》の差《さ》で勝《か》ちました。 以一分之差戰勝。

かぶる 戴上

□□□

日《ひ》が強《つよ》いので、帽子《ぼうし》をかぶってください。
太陽很大，請戴上帽子。

構《かま》う 理睬、理會

□□□

もう私《わたし》に構《かま》わないで！ 你就別再管我了！

噛《か》む 咬、咀嚼

□□□

あの子《こ》はガムを噛《か》んでいる。 那個孩子在咀嚼口香糖。

Track 106

通《かよ》う 來往

□□□

週《しゅう》に二回《にかい》ジムに通《かよ》っています。 我每週會去兩次健身房。

借《か》りる 借入

□□□

母親《ははおや》からお金《かね》を借《か》りました。 我向母親借錢。

乾《かわ》く 乾燥

□□□

最近《さいきん》ずっと湿度《しつど》が高《たか》くて、洗濯物《せんたくもの》が乾《かわ》きにくい。
最近濕度一直很高，洗好的衣服都很難乾。

渇《かわ》く 渴、渴望

□□□

のどが渇《かわ》いて目《め》が覚《さ》めた。 因為口渴而醒了過來。

変《か》わる 改變、變化

□□□

卒業《そつぎょう》して十年《じゅうねん》も経《た》ったのに君《きみ》は全然《ぜんぜん》変《か》わってないね。
畢業之後都過了十年了，你卻一點都沒變呢。

Track 107

考《かんが》える 想、思考

□□□

何《なに》を考《かんが》えていますか。 你在想什麼？

頑張《がんば》る 努力、盡力

□□□

今度《こんど》の試合《しあい》、頑張《がんば》ってください。 請努力於下次的比賽。

聞《き》く、聴《き》く 聽、打聽

□□□

ちょっと黙《だま》って。ラジオを聴《き》いているから。
稍微安靜一點，我在聽收音機。

聞《き》こえる 聽見

□□□

何《なに》か聞《き》こえない？ 你有沒有聽見什麼聲音？

刻《きざ》む 剁碎、雕刻、銘記、鐘錶計時

□□□

玉《たま》ねぎを小《ちい》さく刻《きざ》んでください。 請將洋蔥剁碎成小塊。

Track 108

決《き》まる 決定

□□□

注文《ちゅうもん》は決《き》まりましたか。 決定好要點什麼了嗎？

決《き》める 決定

□□□

このかばんを買《か》うことに決《き》めた。 我決定要買這個包包了。

着《き》る 穿

□□□

その制服《せいふく》を着《き》ている子《こ》は私《わたし》の娘《むすめ》です。
穿著那個制服的孩子是我的女兒。

切《き》る 剪、切、割

□□□

あした髪《かみ》の毛《け》を切《き》りに行《い》くつもりです。 預定明天去剪頭髮。

気《き》をつける 小心

□□□

風邪《かぜ》を引《ひ》かないように気《き》をつけてください。 請小心別感冒了。

Track 109

下《くだ》さる （くれる的敬語）給、贈 □□□

このプレゼントは私《わたし》に下《くだ》さるのですか。
請問這個禮物是贈與我的嗎？

暮《く》らす 過生活、度日 □□□

ずっと一人《ひとり》で暮《く》らして、とても寂《さび》しいです。
一直都一個人過生活，非常地寂寞。

比《くら》べる 比較 □□□

去年《きょねん》と比《くら》べて、今年《ことし》の人口《じんこう》がさらに増《ふ》えた。
比起去年，今年的人口又更增加了。

来《く》る 來 □□□

ちょっと待《ま》って。彼《かれ》はもうすぐ来《く》るから。
等一下，他馬上就來了。

くれる 給予 □□□

この本《ほん》は私《わたし》にくれるのですか。 這本書是給我的嗎？

暮《く》れる 天黑、日暮 □□□

早《はや》くしないと日《ひ》が暮《く》れるよ。 動作不快點太陽就要下山了喔。

Track 110

消《け》す 關掉、消除

□□□

電気《でんき》を消《け》してください。 請關掉電燈。

答《こた》える 回答、答覆

□□□

私《わたし》の質問《しつもん》を答《こた》えてください。 請回答我的問題。

困《こま》る 感到困擾、難為

□□□

それじゃ困《こま》ります。 那樣我會很困擾的。

込《こ》む 擁擠、費工

□□□

今日《きょう》の電車《でんしゃ》はいつも以上《いじょう》に込《こ》んでいる。
今天的電車比平常還要擁擠。

壊《こわ》す 損壞、弄壞、破壞

□□□

息子《むすこ》は自分《じぶん》のおもちゃを壊《こわ》した。 兒子把自己的玩具弄壞了。

壊《こわ》れる 壞掉、故障

□□□

テレビが壊《こわ》れたみたいで、何《なに》も映《うつ》らない。
電視好像壞掉了，什麼畫面都沒有。

【形容詞】

Track 111

硬《かた》い、固《かた》い、堅《かた》い

堅硬的、堅強的、堅固的

このパンは硬《かた》すぎて食《た》べられない。 這麵包太硬無法吃。

悲《かな》しい 悲傷的

悲《かな》しい時《とき》には空《そら》を見《み》上《あ》げよう。 傷心難過時就抬頭看看天空吧。

辛《から》い 辣的、鹹的

辛《から》いのはちょっと苦手《にがて》です。 我不擅長吃辣的東西。

軽《かる》い 輕的

軽《かる》い布団《ふとん》がほしい。 我想要輕的棉被。

可愛《かわい》い 可愛的

彼女《かのじょ》はいつも可愛《かわい》い顔《かお》をしている。 她總是有著可愛的表情。

簡単《かんたん》 簡單的、單純的

Track 112

□□□

そんな簡単《かんたん》な理由《りゆう》もわからないですか。
那麼簡單的理由你也不懂嗎？

黄色《きいろ》い 黃色的

□□□

私《わたし》は黄色《きいろ》い服《ふく》を買《か》った。 我買了黃色的衣服。

危険《きけん》 危險的

□□□

危険《きけん》な場所《ばしょ》に近《ちか》づかないでください。 請不要靠近危險的場所。

汚《きたな》い 髒的

□□□

トイレは汚《きたな》いので、掃除《そうじ》しましょう。
廁所很髒，所以我們來打掃一下吧！

厳《きび》しい 嚴厲的

□□□

その厳《きび》しい先生《せんせい》は独身《どくしん》ですか。 那位嚴厲的老師是單身嗎？

急《きゅう》 急的、突然的

Track 113

□□□

急《きゅう》な用事《ようじ》が入ってしまってデートに行《い》けなくなってしまった。 突然有急事，沒辦法去約會了。

嫌《きら》い　討厭的、不喜歡的　□□□

野菜《やさい》と果物《くだもの》が嫌《きら》いである。　我討厭蔬菜和水果。

綺麗《きれい》　美麗的、乾淨的　□□□

この町《まち》のいいところは綺麗《きれい》な空気《くうき》があることだ。
這個城市優點是乾淨的空氣。

暗《くら》い　黑暗的、無知的　□□□

まだ四時《よじ》だけど、空《そら》が暗《くら》くなった。　才四點天空就變暗了。

黒《くろ》い　黑色的　□□□

父親《ちちおや》は黒《くろ》い帽子《ぼうし》をかぶっている。　父親戴著黑色的帽子。

Track 114

結構《けっこう》　足夠、相當好的　□□□

彼《かれ》が結構《けっこう》な金額《きんがく》を出《だ》して、私《わたし》は驚《おどろ》いた。
他出了頗高的金額，我嚇到了。

元気《げんき》　健康的、有精神的　□□□

楽《たの》しくて、元気《げんき》な雰囲気《ふんいき》を作《つく》りたい。
我想製造出歡樂又有精神的氣氛。

濃《こ》い　濃的

濃《こ》いミルクが大嫌《だいきら》いです。　我很討厭濃的牛奶。

細《こま》かい　細小的、詳細的、細膩的

取《とり》扱《あつかい》説明書《せつめいしょ》に注《ちゅう》意《い》事《じ》項《こう》が細《こま》かく書《か》いてあります。
說明書上寫有詳細的注意事項。

怖《こわ》い　可怕的

あの暗《くら》いところは怖《こわ》いと思《おも》う。　我覺得那個黑暗的地方很可怕。

こんな　這樣的、這麼

こんなおいしいもの、食《た》べたことがない。
我從沒吃過這麼好吃的東西。

隨堂小測驗

請根據題意，選出正確的選項。

(　　) 1. 彼《かれ》は「キャッシュカード」でお金《かね》をおろした。

(A) 信用卡　(B) 提款卡　(C) 健保卡　(D) 悠遊卡

(　　) 2. この本《ほん》は私《わたし》に「くれる」のですか。

(A) 給予　(B) 發放　(C) 收回　(D) 交還

(　　) 3. 体《からだ》の「具合《ぐあい》」はどうですか。

(A) 身體狀況　(B) 組成　(C) 感覺　(D) 柔軟度

(　　) 4. そのカップルは「喧嘩《けんか》」している。

(A) 喧嘩　(B) 吵架　(C) 討論　(D) 分手

(　　) 5. 部屋《へや》が汚《きたな》いので、早《はや》く「片付《かたづ》けて」ください。

(A) 消毒　(B) 整理　(C) 改裝　(D) 修理

(　　) 6. 母親《ははおや》からお金《かね》を「借《か》りました」。

(A) 借入　(B) 借出　(C) 還款　(D) 清算

(　　) 7. 風邪《かぜ》を引《ひ》かないように「気《き》をつけて」ください。

(A) 就醫　(B) 吃藥　(C) 小心　(D) 休息

(　　) 8. その「厳《きび》しい」先生《せんせい》は独身《どくしん》ですか。

(A) 友善的　(B) 受歡迎的　(C) 嚴厲的　(D) 心思縝密的

解答：1. (B)　2. (A)　3. (A)　4. (B)
5. (B)　6. (A)　7. (C)　8. (C)

JLPT N4

さ サ 行

【一般名詞】

Track 115

サービス 服務、優惠

（—する：服務、優惠）

そのホテルのサービスは本当《ほんとう》にいいです。

那間飯店的服務真的很好。

最近《さいきん》 最近

最近《さいきん》はどうですか。 你最近如何呢？

最後《さいご》 最後

最後《さいご》まで頑張《がんば》ってください。 請努力到最後。

最初《さいしょ》 最初

彼女《かのじょ》の笑顔《えがお》を見《み》たのは、それが最初《さいしょ》で最後《さいご》でした。

那是我第一次也是最後一次看見她的笑容。

サイズ 尺寸

服《ふく》のサイズが合《あ》わないんです。 衣服的尺寸不合。

Track 116

財布《さいふ》 錢包

私《わたし》の財布《さいふ》を見《み》ましたか。 你有看見我的錢包嗎？

坂《さか》 斜坡

おばあちゃんの家《いえ》はこの坂《さか》の上《うえ》にある。 奶奶家在這個斜坡上。

魚《さかな》 魚

魚《さかな》の食《た》べ方《かた》はちょっと苦手《にがて》です。 我不擅長吃魚。

先《さき》 尖端、前方、先前

先《さき》に話《はな》しかけた女性《じょせい》はだれですか。 先一步搭話的女性是誰？

作業《さぎょう》 工作、操作

（─する：工作、操作）

工場《こうじょう》が作業中《さぎょうちゅう》のときは入《はい》ってはいけない。
工廠在作業中禁止進入。

Track 117

作文《さくぶん》 作文

田中君《たなかくん》は作文《さくぶん》がとても上手《じょうず》だ。 田中同學很會寫作文。

桜《さくら》 櫻花

来週《らいしゅう》一緒《いっしょ》に桜《さくら》を見《み》に行《い》きませんか。下週要一起去看櫻花嗎？

刺身《さしみ》 生魚片

日本人《にほんじん》は刺身《さしみ》が大好《だいす》きです。 日本人很喜歡生魚片。

サッカー 英式足球

あのサッカー選手《せんしゅ》はすごくかっこいいです。
那名足球選手非常帥氣。

雑誌《ざっし》 雜誌

今月《こんげつ》の雑誌《ざっし》は出版《しゅっぱん》しましたか。 這個月的雜誌出版了嗎？

Track 118

砂糖《さとう》 砂糖

紅茶《こうちゃ》に砂糖《さとう》を入《い》れてください。 請把砂糖加入紅茶中。

～様《さま》 對人的敬稱

鈴木様《すずきさま》はいらっしゃいますか。 請問鈴木先生在嗎？

皿《さら》 盤子

皿《さら》を洗《あら》ってくれますか。 可以幫忙洗碗嗎？

再来年《さらいねん》 後年

□□□

今年《ことし》の試験《しけん》は不合格《ふごうかく》でしたが、再来年《さらいねん》また頑張《がんば》りましょう。 今年的考試沒有合格，後年再加油吧！

サラダ 沙拉

□□□

おすすめのサラダはありますか。 你有推薦的沙拉嗎？

Track 119

サラリーマン 上班族

□□□

そのサラリーマンは私《わたし》の友達《ともだち》です。 那位上班族是我的朋友。

三《さん》 三

□□□

三時《さんじ》のおやつにドーナツはいかがですか。
下午三點的點心時間，來個甜甜圈怎麼樣呢？

産業《さんぎょう》 產業

□□□

政府《せいふ》は地域産業《ちいきさんぎょう》の活性化《かっせいか》に力《ちから》を入《い》れている。
政府正致力於地方產業的活性化。

残業《ざんぎょう》 加班（—する：加班）

□□□

今日《きょう》は残業《ざんぎょう》するから、そこに行《い》けない。
今天加班所以無法到場。

サングラス 太陽眼鏡

あのサングラスをかけている女性《じょせい》は芸能人《げいのうじん》だそうです。

聽說那位戴著太陽眼鏡的女性是位藝人。

Track 120

サンダル 涼鞋

あのサンダルを履《は》いている子供《こども》は誰《だれ》ですか。

那位穿著涼鞋的孩子是誰？

サンドイッチ 三明治

私《わたし》たちは公園《こうえん》でサンドイッチを食《た》べている。

我們在公園吃著三明治。

散歩《さんぽ》 散步（―する：散步）

食事《しょくじ》のあと、母《はは》と散歩《さんぽ》する。 吃完飯後我跟母親去散步。

四《し》 四

四月一日《しがつついたち》は何《なん》の日《ひ》か知《し》っていますか。

你知道四月一日是什麼日子嗎？

市《し》 市（行政區）

愛知県《あいちけん》の県庁《けんちょう》は名古屋市《なごやし》にあります。

愛知縣的縣廳位於名古屋市。

Track 121

字《じ》 字

彼《かれ》の書《か》いた字《じ》はすごく見《み》にくいです。 他寫的字很難看懂。

試合《しあい》 比賽（—する：比賽）

彼氏《かれし》が出《で》ている野球《やきゅう》の試合《しあい》を応援《おうえん》する。
我會幫男友出場的棒球比賽加油。

ＣＤ《シーディー》 CD

あの歌手《かしゅ》のＣＤはいつも大《だい》ヒットです。
那個歌手的 CD 總是大受歡迎。

塩《しお》 鹽巴

塩《しお》を加《くわ》え過《す》ぎないように注意《ちゅうい》して。 注意不要加太多鹽巴了。

仕方《しかた》 方法、辦法

他《た》の仕方《しかた》でやりましょう。 用別的方法來做吧！

Track 122

時間《じかん》 時間、時刻

忙《いそが》しくて、食事《しょくじ》をする時間《じかん》もない。
太忙了，連吃飯的時間都沒有。

試験《しけん》 考試（—する：考試）

大学《だいがく》の入学試験《にゅうがくしけん》に自信《じしん》がない。 我對大學的入學考試沒有自信。

事故《じこ》 事故、意外

その交差点《こうさてん》で交通事故《こうつうじこ》が起《お》きた。 那個十字路口發生事故了。

時刻表《じこくひょう》 時刻表

駅《えき》の時刻表《じこくひょう》を見《み》ている。 我在看車站的時刻表。

仕事《しごと》 工作（—する：工作）

家庭《かてい》の仕事《しごと》も手伝《てつだ》ってください。 請幫忙家裡的工作。

Track 123

辞書《じしょ》 字典

わからないなら、辞書《じしょ》で調《しら》べてください。
若不明白的話，請查詢字典。

地震《じしん》 地震

さっきの地震《じしん》は怖《こわ》かった。 剛才的地震好可怕。

下《した》 下面、下方 □□□

机《つくえ》の下《した》に何《なに》がありますか。 桌子下方有什麼嗎？

時代《じだい》 時代 □□□

昔《むかし》と比《くら》べて、時代《じだい》が変《か》わった。 和以前相比，時代已經改變了。

下着《したぎ》 內衣 □□□

下着《したぎ》を買《か》いに行《い》った。 我去買了內衣。

Track 124

支度《したく》 準備（—する：準備） □□□

彼女《かのじょ》はデートの支度《したく》をしている。 她在做約會的準備。

七《しち》 七 □□□

七月《しちがつ》二十日《はつか》は暇《ひま》ですか。 你七月二十日有空嗎？

失敗《しっぱい》 失敗（—する：失敗） □□□

失敗《しっぱい》したらどうしよう。 要是失敗了該怎麼辦？

質問《しつもん》 問題（―する：提問） □□□

何《なに》か疑問《ぎもん》があったら、質問《しつもん》してください。
所有任何疑問，請提問。

失礼《しつれい》 失禮、抱歉 □□□
（―する：失禮、告辭／形容詞：失禮的）

失礼《しつれい》ですが、お名前《なまえ》は？ 不好意思，請問您貴姓大名？

Track 125

辞典《じてん》 辭典 □□□

国語《こくご》辞典《じてん》を貸《か》してください。 請借我國語辭典。

自転車《じてんしゃ》 腳踏車 □□□

毎日《まいにち》自転車《じてんしゃ》で学校《がっこう》に行《い》く。 我每天騎腳踏車去學校。

自動車《じどうしゃ》 汽車 □□□

自動車《じどうしゃ》で海《うみ》へ行《い》きました。 我開車去了海邊。

品物《しなもの》 商品 □□□

その商店《しょうてん》は品物《しなもの》が豊富《ほうふ》に揃《そろ》っている。
那間商店的商品很齊全。

字引《じびき》 字典

字引《じびき》で調《しら》べても、その字《じ》の意《い》味《み》がわからない。
即使查了字典還是不懂那個字的意義。

Track 126

自分《じぶん》 自己

自分《じぶん》の事《こと》は自分《じぶん》で決《き》めてください。 自己的事請自己決定。

島《しま》 島

そのお金持《かねも》ちは島《しま》を買《か》った。 那位有錢人買了一座島。

市民《しみん》 市民

今日《きょう》の市民運動会《しみんうんどうかい》は雨《あめ》で延期《えんき》になりました。
今天的市民運動會因為下雨而延期了。

事務所《じむしょ》 辦公室

社長《しゃちょう》は事務所《じむしょ》で待《ま》っています。 社長在辦公室等著。

シャープペンシル 自動鉛筆

息子《むすこ》はシャープペンシルを買《か》いに行《い》った。
兒子去買自動鉛筆了。

Track 127

社員《しゃいん》 公司的職員

その会社《かいしゃ》の社員《しゃいん》は何人《なんにん》ですか。 那間公司的職員有幾人？

社会《しゃかい》 社會

ネット依存症《いぞんしょう》はもはや社会問題《しゃかいもんだい》である。
網路成癮症已然成為社會問題。

市役所《しやくしょ》 市政府

私《わたし》の父《ちち》は市役所《しやくしょ》に務《つと》めている。 我的父親在市政府工作。

ジャケット 外套

このジャケットはあなたにすごく似合《にあ》っている。
這件外套非常適合你。

写真《しゃしん》 照片

写真《しゃしん》を撮《と》ってくれませんか。 可以幫我拍照嗎？

Track 128

社長《しゃちょう》 社長、老闆

このファイルを社長《しゃちょう》に渡《わた》してください。
請將這份檔案交給社長。

シャツ 襯衫

クリスマスのときにシャツを買《か》って、彼氏《かれし》にあげた。
我在聖誕節時買了襯衫送給男友。

邪魔《じゃま》 妨礙

（—する：妨礙／—な：礙事的）

通路《つうろ》に荷物《にもつ》を置《お》くと邪魔《じゃま》になります。 在走廊堆放東西，會妨礙通行

ジャム 果醬

トーストにジャムを塗《ぬ》って食《た》べる。 把烤土司抹上果醬吃。

シャワー 淋浴

母親《ははおや》がシャワーを浴《あ》びている。 母親正在淋浴。

Track 129

上海《しゃんはい》 上海

上海《しゃんはい》はとても賑《にぎ》やかな所《ところ》です。 上海是個很熱鬧的地方。

自由《じゆう》 自由、隨意

（—な：自由的、隨意的）

心配《しんぱい》しないで、自由《じゆう》にやりなさい。 別擔心，請隨意地去做。

十《じゅう》 十

十《じゅう》数《かぞ》えたら目《め》を開《あ》けて。 數到十的時候就睜開眼睛吧。

～週間《しゅうかん》 ～星期

三《さん》週《しゅう》間《かん》かかって、やっと報告《ほうこく》を完成《かんせい》した。
花了三個星期，終於完成報告了。

習《しゅう》慣《かん》 習慣

朝《あさ》ご飯《はん》を食《た》べる習《しゅう》慣《かん》はありますか。 你有吃早餐的習慣嗎？

Track 130

集《しゅう》合《ごう》 集合（—する：集合）

みんなは教《きょう》室《しつ》に集《しゅう》合《ごう》しました。 大家已經在教室集合了。

住《じゅう》所《しょ》 住址

彼《かれ》の住《じゅう》所《しょ》を教《おし》えてもらえませんか。 可以告訴我他家的住址嗎？

ジュース 果汁

娘《むすめ》はオレンジジュースが大《だい》好《す》きです。 女兒很喜歡柳橙汁。

集中《しゅうちゅう》 集中（—する：集中） □□□

先生《せんせい》の演説《えんぜつ》に集中《しゅうちゅう》してください。 請集中於老師的演說。

柔道《じゅうどう》 柔道 □□□

父《ちち》の影響《えいきょう》で柔道《じゅうどう》を始《はじ》めた。 受我父親的影響而開始練柔道。

Track 131

週末《しゅうまつ》 週末 □□□

週末《しゅうまつ》に何《なに》か計画《けいかく》がありますか。 週末有什麼規劃嗎？

十四日《じゅうよっか》 十四日、十四號 □□□

二月《にがつ》十四日《じゅうよっか》はバレンタインデイーである。
二月十四號是情人節。

修理《しゅうり》 修理（—する：修理） □□□

この古《ふる》い時計《とけい》はもう修理《しゅうり》できない。 這個老時鐘已經無法修理了。

授業《じゅぎょう》 授課、課堂（—する：授課） □□□

昨日《きのう》の授業《じゅぎょう》に出《で》なかった人《ひと》は立《た》ってください。
昨天沒有出席課堂的人請起立。

宿題《しゅくだい》 功課、作業 □□□

宿題《しゅくだい》を出《だ》さなかった人《ひと》は立《た》ってください。 沒交作業的人請站起來。

Track 132

首相《しゅしょう》 首相 □□□

日本《にほん》の首相《しゅしょう》は誰《だれ》ですか。 日本的首相是誰呢？

主人《しゅじん》 主人、男主人 □□□

お宅《たく》のご主人《しゅじん》はいらっしゃいますか。 府上的主人在嗎？

出席《しゅっせき》 出席（—する：出席） □□□

明日《あした》も出席《しゅっせき》ですか。 明天也要出席嗎？

出張《しゅっちょう》 出差（—する：出差） □□□

明日《あした》は大阪《おおさか》へ出張《しゅっちょう》に行《い》きます。 我明天要去大阪出差。

出発《しゅっぱつ》 出發（—する：出發） □□□

今週《こんしゅう》の月曜日《げつようび》に出発《しゅっぱつ》する予定《よてい》です。 預定於本週一出發。

Track 133

主婦《しゅふ》 主婦

□□□

スーパーのタイムセールは主婦《しゅふ》たちの戦場《せんじょう》だ。 超市的限時特賣是主婦們的戰場。

趣味《しゅみ》 興趣

□□□

お母《かあ》さんの趣味《しゅみ》は何《なん》ですか。 令堂的興趣為何？

順番《じゅんばん》 順序

□□□

こちらのカードを順番通《じゅんばんどお》りに並《なら》べてください。 請將這邊的卡片按照順序排列。

準備《じゅんび》 準備（─する：準備）

□□□

私《わたし》は旅行《りょこう》の準備《じゅんび》をしている。 我在做旅行的準備。

紹介《しょうかい》 介紹（─する：介紹）

□□□

自己紹介《じこしょうかい》をしてください。 請做自我介紹。

Track 134

小学生《しょうがくせい》 小學生

□□□

妹《いもうと》はまだ小学生《しょうがくせい》です。 我妹妹還是小學生。

正月《しょうがつ》 一月、新年

正月《しょうがつ》は何《なに》をしていましたか？ 你過年在做什麼？

小学校《しょうがっこう》 小學

彼女《かのじょ》は小学校《しょうがっこう》の息子《むすこ》がいる。 她有一個上小學的兒子。

小説《しょうせつ》 小說

毎晩《まいばん》寝《ね》る前《まえ》に必《かなら》ず小説《しょうせつ》を読《よ》みます。
我每晚睡覺前一定會看小說。

小説《しょうせつ》**家**《か》 小說家

その小説《しょうせつ》家《か》を尊敬《そんけい》している。 我很尊敬那名小說家。

Track 135

招待《しょうたい》 邀請、招待
（—する：邀請、招待）

彼《かれ》の招待《しょうたい》を受《う》けて、パーティに参加《さんか》した。
我接受他的邀請，參加了派對。

醤油《しょうゆ》 醬油

この料理《りょうり》には醤油《しょうゆ》が必要《ひつよう》です。 這個料理一定要使用醬油。

将来《しょうらい》 將來

□□□

将来《しょうらい》サッカー選手《せんしゅ》になりたい。 我將來想當足球選手。

ジョギング 慢跑

□□□

毎日《まいにち》ジョギングをすることは体《からだ》にいいです。
每天慢跑對身體有益。

食事《しょくじ》 用餐、餐點（—する：用餐）

□□□

あした一緒《いっしょ》に食事《しょくじ》しませんか。 明天要一起吃飯嗎？

Track 136

食堂《しょくどう》 餐廳

□□□

彼《かれ》は学生《がくせい》の食堂《しょくどう》を経営《けいえい》している。 他經營學生餐廳。

食料品《しょくりょうひん》 食品、乾貨

□□□

母《はは》は食料品《しょくりょうひん》の売《う》り場《ば》に行《い》きました。 媽媽去了食品賣場。

女性《じょせい》 女性

□□□

その美《うつく》しい女性《じょせい》は誰《だれ》ですか。 那名美麗的女性是誰？

資料《しりょう》 資料

その生徒《せいと》は研《けん》究《きゅう》の資料《しりょう》を集《あつ》めている。
那位學生正在蒐集研究資料。

白《しろ》 白色

あの男《おとこ》の子《こ》はいつも白《しろ》の服《ふく》を着《き》ている。
那個男子總是穿一身白色的衣服。

Track 137

シンガポール 新加坡

シンガポールは法律《ほうりつ》が厳《きび》しい国《くに》です。
新加坡是法律很嚴格的國家。

新幹線《しんかんせん》 新幹線

新幹線《しんかんせん》に乗《の》ったことがありますか。 你有搭過新幹線嗎？

信号《しんごう》 紅綠燈

信号《しんごう》が赤《あか》になったら、止《と》まってください。 紅燈的時候請停止前行。

人口《じんこう》 人口

人口《じんこう》がだんだん減《へ》っている。 人口正逐漸減少。

神社《じんじゃ》 神社

彼女《かのじょ》は神社《じんじゃ》に参拝《さんぱい》しに行《い》った。 她去神社參拜了。

Track 138

新宿《しんじゅく》 新宿

新宿《しんじゅく》に行《い》った事《こと》がありますか。 你有去過新宿嗎？

心配《しんぱい》 擔心

（—する：擔心／—な：擔心的）

彼氏《かれし》の安全《あんぜん》を心配《しんぱい》している。 我擔心男友的安全。

新聞《しんぶん》 報紙

今日《きょう》の新聞《しんぶん》はどこですか。 今天的報紙在哪裡？

水泳《すいえい》 游泳（—する：游泳）

父《ちち》は昔《むかし》は水泳選手《すいえいせんしゅ》でした。 我父親以前曾是游泳選手。

スイス 瑞士

スイスはとても平和《へいわ》なところです。 瑞士是非常和平的地方。

Track 139

スイッチ 開關

スイッチを切《き》ってください。 請切掉開關。

水道《すいどう》 自來水、自來水管

水道《すいどう》の蛇口《じゃぐち》を閉《し》めても水《みず》が止《と》まらない。

就算把水龍頭關上水還是會流出來。

水曜《すいよう》日《び》 星期三

水曜《すいよう》日《び》に彼《かれ》との約束《やくそく》がある。 星期三和他約好了。

数《すう》字《じ》 數字

こちらに書《か》いてある数字《すうじ》を読《よ》み上《あ》げてください。

請將寫在這邊的數字唸出來。

スーツ 西裝

面接《めんせつ》のために、スーツを買《か》った。 為了面試，我買了西裝。

Track 140

スーツケース 行李箱

スーツケースはコインロッカーに預《あず》けた。

行李箱已經寄放在投幣式置物櫃了。

スーパー [マーケット]

超級市場

お母《かあ》さんがスーパーに行《い》った。 媽媽去了超級市場。

スープ 湯

母《はは》が作《つく》ったスープが大好《だいす》きです。 我很喜歡母親煮的湯。

スカート 裙子

パーティのために、彼女《かのじょ》はスカートを買《か》いに行《い》った。
為了派對，她去買了裙子。

スキー 滑雪

今年《ことし》の冬休《ふゆやす》みに軽井沢《かるいざわ》へスキーに行《い》きたい。
今年的寒假我想去輕井澤滑雪。

Track 141

すき焼《や》き 壽喜燒

楽《たの》しい事《こと》があったとき、いつもすき焼《や》きを食《た》べたい。
有值得開心的事時，總是想吃壽喜燒。

スクリーン 螢幕

この映画《えいが》は大《おお》きなスクリーンで見《み》たらきっともっと迫《はく》力《りょく》があるんだろう。 這部電影要是用大螢幕看肯定會更有魄力吧。

スケート 溜冰

娘《むすめ》を子供《こども》向《む》けのスケート教室《きょうしつ》に行《い》かせている。
我讓女兒去上兒童溜冰教室。

すし　壽司

□□□

大部分《だいぶぶん》の日本人《にほんじん》はすしが大好《だいす》きです。
大部分的日本人喜歡吃壽司。

ステーキ　牛排

□□□

ステーキも付《つ》け合《あ》わせのマッシュポテトもおいしかった。
牛排和旁邊附的薯泥都很好吃。

Track 142

ステレオ　立體音響、立體聲

□□□

ボーナスでステレオを買《か》いました。　用獎金買了台立體音響。

ストーブ　火爐

□□□

こういう寒《さむ》い天気《てんき》にストーブがあったらいいですね。
這麼冷的天氣，要是有個火爐就好了！

砂《すな》　沙子

□□□

みんなで砂《すな》のお城《しろ》を作《つく》りましょう。　大家一起用沙子蓋一座城堡吧。

スパゲッティ　義大利麵

□□□

お昼《ひる》に食《た》べたスパゲッティはあまりおいしくなかった。
中午吃的義大利麵不太好吃。

スピーチ　演講

□□□

首相《しゅしょう》はすばらしいスピーチをしました。　首相的演講非常成功。

スプーン 湯匙

Track 143

あの子《こ》はスプーンでスープを飲《の》んでいる。
那個人正在用湯匙喝湯。

スポーツ 運動、體育

彼《かれ》はスポーツ万能《ばんのう》で、女《おんな》の子《こ》にモテる。
他運動萬能，很受女孩子歡迎。

ズボン 褲子、長褲

彼《かれ》はいつも高《たか》いズボンを着《き》ている。 他總是穿著很昂貴的褲子。

隅《すみ》 角落

その隅《すみ》に立《た》っている人《ひと》は誰《だれ》ですか。 站在那個角落的人是誰？

相撲《すもう》 相撲

大部分《だいぶぶん》の日本人《にほんじん》は相撲《すもう》が好《す》きです。大部分的日本人都喜歡相撲。

スリッパ 拖鞋

Track 144

娘《むすめ》にうさぎの様式《ようしき》のスリッパを買《か》ってあげた。
我買了兔子樣式的拖鞋給女兒。

背《せ》 身高

背《せ》の高《たか》い男《おとこ》の人《ひと》が好《す》きです。 我喜歡高的男生。

生活《せいかつ》 生活（―する：生活）

彼《かれ》は生活《せいかつ》の品質《ひんしつ》を重視《じゅうし》している。 他很重視生活的品質。

生産《せいさん》 生產（―する：生產）

ワインの生産量《せいさんりょう》が最《もっと》も多《おお》い国《くに》はどこですか。

葡萄酒生產量最高的國家是哪裡？

政治《せいじ》 政治

今《いま》の若者《わかもの》は政治《せいじ》に全《まった》く無関心《むかんしん》です。

現在的年輕人完全不關心政治。

Track 145

生徒《せいと》 學生

その先生《せんせい》は生徒《せいと》たちに人気《にんき》がある。 那位老師在學生中很受歡迎。

製品《せいひん》 產品、製品

日本製品《にほんせいひん》の品質《ひんしつ》を信頼《しんらい》している。 我很信賴日本產品的品質。

西洋《せいよう》 西洋

西洋《せいよう》の国々《くにぐに》ではクリスマスはどのようにして過《す》ごしますか。 西方各國是怎麼過聖誕節的呢？

セーター　毛衣

その黒《くろ》いセーターを着《き》ている人《ひと》は誰《だれ》ですか。
那個穿著黑色毛衣的人是誰？

世界《せかい》　世界

世界《せかい》の中《なか》で、一番《いちばん》好《す》きな国《くに》はどこですか。
全世界你最喜歡哪個國家？

Track 146

席《せき》　座位

ここは禁煙席《きんえんせき》である。　這裡是禁菸席。

咳《せき》　咳嗽

風邪《かぜ》は治《なお》ったのに咳《せき》が止《と》まらない。
感冒明明已經好了，卻還是咳個不停。

石鹸《せっけん》　肥皂

石鹸《せっけん》で手《て》を洗《あら》った。　用肥皂洗手。

説明《せつめい》　說明（—する：說明）

校長先生《こうちょうせんせい》は校則《こうそく》を説明《せつめい》している。　校長正在說明校規。

背《せ》中《なか》 背

転《ころ》んで背《せ》中《なか》を打《う》った。 跌倒撞到了背。

Track 147

背《せ》広《びろ》 西裝

面接《めんせつ》のとき、背《せ》広《びろ》を着《き》たほうがいいです。 面試時最好穿著西裝。

ゼロ 零

一億《いちおく》にはゼロがいくつありますか。 一億有幾個零？

セロテープ 透明膠帶

彼《かれ》はセロテープを買《か》いに行《い》った。 他去買透明膠帶。

世《せ》話《わ》 照顧（―する：照顧）

いつもお世《せ》話《わ》になっております。 一直都受您的照顧。

千《せん》 千

二千円《にせんえん》貸《か》していただけませんか。 可以借我兩千日幣嗎？

Track 148

線《せん》 線、線路、路線

この二《ふた》つの点《てん》を線《せん》で繋《つな》いでください。
請將這兩個點用線連接起來。

先月《せんげつ》 上個月

□□□

先月《せんげつ》の十日《とおか》は彼氏《かれし》の誕生日《たんじょうび》です。 上個月的十號是男友的生日。

先週《せんしゅう》 上週

□□□

先週《せんしゅう》の日曜日《にちようび》に何《なに》をしましたか。 上週日你做了些什麼呢？

先生《せんせい》 老師

□□□

何《なに》か質問《しつもん》があったら、先生《せんせい》に聞《き》いてください。
有問題的話，請詢問老師。

戦争《せんそう》 戰爭（—する：戰爭）

□□□

世《よ》の中《なか》には未《いま》だに戦争《せんそう》で苦《くる》しむ人《ひと》が大勢《おおぜい》います。
世界上至今仍有許多人仍因戰爭而苦。

Track 149

先輩《せんぱい》 前輩、學長姐

□□□

先輩《せんぱい》の指示《しじ》に従《したが》ってください。 請遵從前輩的指示。

全部《ぜんぶ》 全部

□□□

そのときのことは全部《ぜんぶ》覚《おぼ》えている。 那時候的事情我全部都記得。

専門《せんもん》 專業、專長

□□□

彼《かれ》の専門《せんもん》は生命《せいめい》科《か》学《がく》です。 他的專業是生命科學。

象《ぞう》 大象

□□□

象《ぞう》の体重《たいじゅう》はどのくらいありますか。 大象的體重大概有多重？

掃除《そうじ》 打掃（—する：打掃）

□□□

掃除《そうじ》をさぼるな。 打掃時間不要偷懶。

Track 150

相談《そうだん》 商量（—する：商量）

□□□

悩《なや》みがあったら、いつでも相談《そうだん》してください。
若有煩惱的話，請隨時找我商量。

ソース 醬汁、醬料

□□□

お母《かあ》さんはソースを作《つく》っている。 媽媽正在做醬汁。

速達《そくたつ》 限時信

□□□

この紙《かみ》を速達《そくたつ》で送《おく》ってください。 這張紙請用限時信寄出。

そこ 那裡

□□□

そこに立《た》っている人は誰《だれ》ですか。 站在那裡的人是誰？

そちら 那邊

そちらに座《すわ》っている人《ひと》は妹《いもうと》です。 坐在那邊的人是我妹妹。

Track 151

卒業《そつぎょう》 畢業（—する：畢業）

彼《かれ》は大学《だいがく》を卒業《そつぎょう》した後《あと》、アメリカに留学《りゅうがく》しました。
他大學畢業後留學美國。

卒業式《そつぎょうしき》 畢業典禮

卒業式《そつぎょうしき》でみんな泣《な》いていた。 在畢業典禮時大家都哭了。

そっち 那裡、你那兒

そっちの人《ひと》もお入《はい》りください。 那裡的人也請進。

外《そと》 外面

今日《きょう》は外《そと》で食事《しょくじ》しよう。 今天外食吧！

傍《そば》 旁邊、附近

私《わたし》はずっと傍《そば》にいるよ。 我會一直在你身旁。

Track 152

蕎麦《そば》 蕎麥、蕎麥麵

お昼《ひる》は久《ひさ》しぶりに蕎麦《そば》を食《た》べました。 午餐久違地吃了蕎麥麵。

祖父《そふ》 爺爺、外公

私《わたし》の祖父《そふ》は医者《いしゃ》です。 我的爺爺是位醫生。

ソフト 軟體

そのゲームソフトは若者《わかもの》に人気《にんき》がある。
那個遊戲軟體在年輕人之間很有人氣。

祖母《そぼ》 奶奶、外婆

私《わたし》の祖母《そぼ》は今年《ことし》９０歳です。 我奶奶今年 90 歲。

空《そら》 天空

広《ひろ》い空《そら》を見《み》る事《こと》が大好《だいす》きです。 我很喜歡看寬廣的天空。

それ 那個

それは校則《こうそく》違反《いはん》の行為《こうい》です。 那是違反校規的行為。

【動詞】

Track 153

探《さが》す 找、尋找 □□□

家賃《やちん》の安《やす》い部屋《へや》を探《さが》しています。 我在找租金便宜的房子。

下《さ》がる 下降、退後、垂懸 □□□

薬《くすり》を飲《の》んだけど熱《ねつ》がまだ下《さ》がっていない。
藥已經吃了但是燒還沒退。

下《さ》げる 降低、懸、提取、發放 □□□

謝《あやま》るとき、頭《あたま》を下《さ》げるべきだ。 道歉時必須低頭。

差《さ》し上《あ》げる （あげる的敬語）給予 □□□

ご飯《はん》をもう一杯《いっぱい》差《さ》し上《あ》げましょうか。 再幫您添一碗飯嗎？

差《さ》す 撐（傘） □□□

雨《あめ》が降《ふ》ったから、彼女《かのじょ》に傘《かさ》を差《さ》してあげた。
下雨了，所以我幫她撐傘。

Track 154

去《さ》る 去除、疏遠 □□□

冬《ふゆ》が去《さ》って春《はる》が来《き》た。 冬天離去，春天到來。

騒《さわ》ぐ 吵鬧、騷動 □□□

こんな些細《ささい》なことで騒《さわ》ぐな。 別為了這點小事吵吵鬧鬧的。

触《さわ》る 觸碰 □□□

私《わたし》の肩《かた》を触《さわ》らないでください。 請別觸碰我的肩膀。

叱《しか》る 責罵 □□□

弟《おとうと》は母《はは》に叱《しか》られた。 弟弟被母親責罵。

死《し》ぬ 死亡 □□□

父《ちち》は事故《じこ》で死《し》んでしまいました。 我父親因意外過世。

Track 155

閉《し》まる 關閉 □□□

ドアが閉《し》まります。 門要關了。

占《し》める　佔有、佔領

彼女《かのじょ》はいつも一位《いちい》を占《し》めている。　她一直佔領第一名。

締《し》める　勒緊、繫上、關閉

車《くるま》に乗《の》るとき、ベルトを締《し》めるてください。
乘車時請繫上安全帶。

閉《し》める　關閉

この辺《へん》の店《みせ》は大体《だいたい》何《なん》時《じ》に閉《し》めますか。
這附近的店家大多幾點關門？

知《し》らせる　知道、通知

できるだけ早《はや》く知《し》らせてください。　請盡可能提早通知。

Track 156

調《しら》べる　調查、得知

警察《けいさつ》はその殺人《さつじん》事件《じけん》の原因《げんいん》を調《しら》べている。
警察在調查那件殺人事件的原因。

知《し》る　知道、認識

あの人《ひと》を知《し》りません。　我不認識那個人。

吸《す》う 吸 □□□

たばこを吸《す》わないでください。 請不要吸菸。

過《す》ぎる 經過、過去、過分 □□□

過《す》ぎたことを今更後悔《いまさらこうかい》してもどうにもならない。
已經過去的事情現在才來後悔也無濟於事。

空《す》く 空、空間 □□□

お腹《なか》が空《す》いて動《うご》かない。 肚子餓得動不了。

Track 157

進《すす》む 前進、進展、進步、增進、加劇、主動、升階、繼續、（鐘）快 □□□

一《いっ》歩《ぽ》前《まえ》に進《すす》んでください。 請往前站一步。

捨《す》てる 丟棄、拋棄 □□□

使《つか》い終《お》わった割《わ》り箸《ばし》をゴミ箱《ばこ》に捨《す》てた。
把用完的免洗筷丟進了垃圾桶。

滑《すべ》る 滑行、滑溜、滑倒、失口、沒考上 □□□

ここは雨《あめ》で濡《ぬ》れると滑《すべ》るので気《き》をつけてください。
這裡只要被雨打濕就會滑，請多加留意。

住《す》む 居住

□□□

彼女《かのじょ》はその平和《へいわ》な町《まち》に住《す》んでいる。 她住在那個和平的城鎮。

済《す》む 完結、解決

□□□

何回《なんかい》謝《あやま》られたら気《き》が済《す》むんだ？ 要別人跟你道歉多少次你才甘心啊？

Track 158

する 做

□□□

あした何《なに》をするつもりですか。 你明天打算做些什麼呢？

座《すわ》る 坐

□□□

そこに座《すわ》ってください。 請坐在那兒。

育《そだ》てる 培育、撫養

□□□

彼氏《かれし》は野球《やきゅう》に育《そだ》てられた子《こ》です。 男友是打棒球長大的孩子。

【形容詞】

Track 159

盛《さか》ん 興盛的、繁榮的 □□□

元気《げんき》盛《さか》んな若者《わかもの》がたくさんいる。 有許多精力充沛的年輕人。

寂《さび》しい 孤獨的、寂寞的 □□□

彼氏《かれし》がいなくて、寂《さび》しいと思《おも》う。 沒有男朋友真是寂寞。

寒《さむ》い 寒冷的 □□□

こんな寒《さむ》い日《ひ》には起《お》きたくない。 這麼冷的天真不想起床。

残念《ざんねん》 可惜、悔恨、遺憾的 □□□

残念《ざんねん》な結果《けっか》ですけど、悲《かな》しまないでください。
雖然是遺憾的結果，但請不要感到悲傷。

静《しず》か 安靜的 □□□

こんな静《しず》かな夜《よる》に、私《わたし》は一人《ひとり》ぼっちである。
這麼安靜的夜裡，我孤拎拎一個人。

親《した》しい　親近的

Track 160

彼女《かのじょ》は私《わたし》の一番《いちばん》親《した》しい友人《ゆうじん》です。　她是我最親近的友人。

十分《じゅうぶん》　充足的

十分《じゅうぶん》に休憩《きゅうけい》をすると、気持《きも》ちがよくなりました。
充足休息之後我覺得心情好多了。

上手《じょうず》　好的、擅長的

みんなの前《まえ》での上手《じょうず》な話《はな》し方《かた》を教《おし》えてください。
請教我在大家面前能好好說話的方法。

丈夫《じょうぶ》　健康、結實的

丈夫《じょうぶ》な体《からだ》を持《も》つ男性《だんせい》が好《す》きです。　我喜歡有結實身體的男性。

白《しろ》い　白色的

顔色《かおいろ》が白《しろ》いけど、体《からだ》の状況《じょうきょう》は大丈夫《だいじょうぶ》ですか。
你的臉色很蒼白，身體的狀況還好嗎？

親切《しんせつ》　親切的（名詞：好意）

Track 161

親切《しんせつ》な招待《しょうたい》に感謝《かんしゃ》している。　我很感謝親切的招待。

好《す》き 喜歡的、愛好的

息子《むすこ》さんが好《す》きな料《りょう》理《り》は何《なん》ですか。您兒子喜歡的料理是什麼？

少《すく》ない 少的

台湾《たいわん》ではフランス語《ご》がしゃべれる人《ひと》は少《すく》ない。
在台灣能說法語的人很少。

凄《すご》い 厲害的

彼《かれ》は凄《すご》い特技《とくぎ》を持《も》っている。他有很厲害的特技。

涼《すず》しい 涼的

涼《すず》しい風《かぜ》が吹《ふ》いている。現在正吹著涼風。

Track 162

素《す》敵《てき》 很棒的

こんなに素敵《すてき》な奥《おく》さんがいて、羨《うらや》ましいです。
有這麼棒的妻子，真令人羨慕。

素《す》晴《ば》らしい

精彩的、了不起的、優秀的

彼《かれ》が提出《ていしゅつ》した提案《ていあん》は素晴《すば》らしいと思《おも》う。
我認為他提出的提案非常優秀。

狭《せま》い　狹窄的、小的（房間）

□□□

彼《かれ》の部屋《へや》は狭《せま》くて、散乱《さんらん》している。 他的房間很小又很亂。

そんな　那樣的、那麼

□□□

そんな顔《かお》をしてても無理《むり》なものは無理《むり》です。 就算你擺出那副表情，辦不到的事情就是辦不到。

【副詞】

随分《ずいぶん》　相當

Track 163

□□□

最近体 重《さいきんたいじゅう》が随分《ずいぶん》増《ふ》えた。 最近體重增加了不少。

少《すこ》し　一點、稍微

□□□

コーヒーに牛 乳《ぎゅうにゅう》を少《すこ》し入《い》れる。 在咖啡裡加入少許牛奶。

是非《ぜひ》　務必（名詞：是非）

□□□

今度是非《こんどぜひ》うちへ遊《あそ》びに来《き》てください。 下次請務必來我家玩。

隨堂小測驗

請根據題意，選出正確的選項。

(　) 1. 彼《かれ》は「凄《すご》い」特技《とくぎ》を持《も》っている。

(A) 無用的　(B) 實用的　(C) 厲害的　(D) 不擅長的

(　) 2. 弟《おとうと》は母《はは》に「叱《しか》られた」。

(A) 責罵　(B) 打　(C) 稱讚　(D) 交代事情

(　) 3. 明日《あした》は大阪《おおさか》へ「出張《しゅっちょう》」に行《い》きます。

(A) 出發　(B) 出差　(C) 出國　(D) 出門

(　) 4. 「十分《じゅうぶん》」に休憩《きゅうけい》をすると、気《き》持《も》ちがよくなりました。

(A) 安靜的　(B) 十分鐘　(C) 不足的　(D) 充足的

(　) 5. 毎日《まいにち》「ジョギング」をすることは体《からだ》にいいです。

(A) 做瑜伽　(B) 爬山　(C) 游泳　(D) 慢跑

(　) 6. 他《た》の「仕方《しかた》」でやりましょう。

(A) 路線　(B) 技術　(C) 方法　(D) 工作

(　) 7. あなたの存在《そんざい》は「邪魔《じゃま》」です。

(A) 不重要的　(B) 重要的　(C) 助力　(D) 妨礙

(　) 8. 「自動車《じどうしゃ》」で海《うみ》へ行《い》きました。

(A) 汽車　(B) 機車　(C) 腳踏車　(D) 休旅車

解答：1. (C)　2. (A)　3. (B)　4. (D)
5. (D)　6. (C)　7. (D)　8. (A)

JLPT N4

た / タ 行

【一般名詞】

Track 164

タイ 泰國

今度《こんど》の卒業《そつぎょう》旅行《りょこう》はタイに行《い》く予定《よてい》です。 這次的畢業旅行預定去泰國。

〜台《だい》 （計算機械、車輛等）台

社長《しゃちょう》は自動車《じどうしゃ》を三台《さんだい》買《か》いました。 社長買了三台汽車。

〜代《だい》 一代、時代、費用、年齡範圍

今月《こんげつ》の電気代《でんきだい》はびっくりするほど高《たか》かった。 這個月的電費貴得嚇人。

退院《たいいん》 出院（—する：出院）

田中《たなか》さんはもう退院《たいいん》しました。 田中先生已經出院了。

ダイエット

瘦身、減肥（—する：減肥）

彼女《かのじょ》はダイエットをしている。 她正在減肥。

Track 165

大学《だいがく》 大學

大学《だいがく》を卒業《そつぎょう》して、社会《しゃかい》に出《で》る。 大學畢業，並進入社會。

大学院《だいがくいん》 研究所 □□□

彼《かれ》は法学部《ほうがくぶ》の大学院《だいがくいん》に通《かよ》っている。 他正在就讀法學部的研究所。

大学生《だいがくせい》 大學生 □□□

最近大学生《さいきんだいがくせい》の間《あいだ》で何《なに》が流行《はや》っているか知《し》っていますか。 你知道最近大學生之間在流行什麼嗎？

大使館《たいしかん》 大使館 □□□

ロンドンには日本《にほん》の大使館《たいしかん》がある。 在倫敦有日本的大使館。

大体《だいたい》 概要（副詞：大體上、根本上） □□□

大体《だいたい》の事情《じじょう》は分《わ》かりました。 事情我大概知道了。

Track 166

大統領《だいとうりょう》 總統 □□□

アメリカの大統領《だいとうりょう》は誰《だれ》ですか。 美國的總統是誰？

台所《だいどころ》 廚房 □□□

母《はは》は台所《だいどころ》で晩御飯《ばんごはん》を作《つく》っている。 母親在廚房準備晚餐。

あ行
か行
さ行
た行
な行
は行
ま行
や行
ら行
わ行

ダイニングキッチン 飯廳

みんなダイニングキッチンで食事《しょくじ》をしている。

大家在飯廳吃飯。

タイプ 類型

どんなタイプの女性《じょせい》が好《す》きですか。 你喜歡什麼類型的女性？

台風《たいふう》 颱風

台風《たいふう》はこの島《しま》を襲《おそ》いました。 颱風侵襲了這座島。

Track 167

太陽《たいよう》 太陽

太陽《たいよう》が東《ひがし》から昇《のぼ》る。 太陽從東邊升起。

タクシー 計程車

タクシーで病院《びょういん》に急行《きゅうこう》した。 搭乘計程車火速前往醫院。

畳《たたみ》 榻榻米

祖父《そふ》は畳《たたみ》の部屋《へや》が大好《だいす》きです。 爺爺很喜歡榻榻米的房間。

縦《たて》 縱向

縦線《たてせん》を書《か》いてください。 請畫出縱向的線。

建物《たてもの》 建築物 □□□

この美《び》術《じゅつ》館《かん》は平安《へいあん》時《じ》代《だい》の代《だい》表《ひょう》的《てき》な建物《たてもの》である。
這間美術館是平安時代的代表性建築物。

Track 168

例《たと》え 例子 □□□

先生《せんせい》は時々《ときどき》わからない例《たと》えをする。
老師有時會打聽不懂的比方

棚《たな》 架子、櫃子 □□□

電球《でんきゅう》は棚《たな》の最上段《さいじょうだん》に置《お》いてある。 電燈泡放在櫃子的最上層。

楽《たの》しみ 期待、快樂 □□□
（—な：期待的、令人期待的）

来週《らいしゅう》の旅行《りょこう》がすごく楽《たの》しみです。 我很期待下週的旅行。

タバコ 菸草、菸 □□□

タバコは体《からだ》に悪《わる》い影響《えいきょう》がある。 菸對身體有不好的影響。

食《た》べ物《もの》 食物 □□□

一番《いちばん》好《す》きな食《た》べ物《もの》は何《なん》ですか。 你最喜歡的食物是什麼？

Track 169

卵《たまご》 雞蛋、蛋

卵《たまご》料《りょう》理《り》を作《つく》ってあげましょうか。 做雞蛋料理給你吃吧！

為《ため》 有益、為了、原因、目的

こうするのもあなたのためです。 會這樣做也是為了你好。

誰《だれ》 誰

さっき電話《でんわ》した人《ひと》は誰《だれ》ですか。 剛才在和誰講電話？

誰《だれ》か 誰、某人

誰《だれ》か助《たす》けてください。 誰來救救我。

誕生日《たんじょうび》 生日

誕生日《たんじょうび》に、何《なに》をもらいましたか。 生日時你拿到了些什麼？

Track 170

ダンス 跳舞、舞蹈（～をします）

母《はは》の趣味《しゅみ》はダンスをすることです。 母親的興趣是跳舞。

男性《だんせい》 男性

どんなタイプの男性《だんせい》が好《す》きですか。 你喜歡什麼類型的男性呢？

暖房《だんぼう》 暖氣

暖房《だんぼう》をつけてください。 請開暖氣。

～段《だん》目《め》 第～層

このケーキの一段《いちだん》目《め》はプリンです。 這個蛋糕的第一層是布丁。

血《ち》 血

血《ち》を見《み》ることは怖《こわ》いと思《おも》う。 我覺得看見血很可怕。

Track 171

チーズ 起司

姉《あね》はチーズが大《だい》好《す》きです。 姊姊很喜歡起司。

チェック 確認、検査、格紋、支票

（—する：確認、検査）

鏡《かがみ》で自《じ》分《ぶん》の動《うご》きをチェックする。 裡用鏡子確認自己的動作。

地《ち》下《か》 地下

駐車場《ちゅうしゃじょう》は地《ち》下《か》二《に》階《かい》にある。 停車場在地下二樓。

近《ちか》く 附近

この近《ちか》くにコンビニがありますか。 這附近有便利商店嗎？

地下鉄《ちかてつ》 地下鐵

地下鉄《ちかてつ》に乗《の》った事《こと》がない。 我沒有搭過地下鐵。

Track 172

力《ちから》 力氣

力《ちから》を貸《か》してください。 請幫助我。

チケット 票

チケットを忘《わす》れないでください。 請別忘了票券。

遅刻《ちこく》 遲到（—する：遲到）

今朝《けさ》寝坊《ねぼう》をしたせいで学校《がっこう》に遅刻《ちこく》した。
今天早上因為賴床上學遲到了。

地図《ちず》 地圖

地図《ちず》を見《み》ても、道《みち》がわからない。 即使看了地圖我也找不到路。

父《ちち》 父親

私《わたし》は父親《ちちおや》に感謝《かんしゃ》している。 我很感謝我的父親。

Track 173

父親《ちちおや》 父親

私《わたし》の父親《ちちおや》は教《きょう》師《し》です。 我的父親是一名教師。

茶色《ちゃいろ》 咖啡色、茶色

□□□

彼氏《かれし》は茶色《ちゃいろ》のシャツを買《か》いました。 男友買了咖啡色的襯衫。

茶碗《ちゃわん》 茶碗、飯碗

□□□

食事《しょくじ》のあと、妹《いもうと》は茶碗《ちゃわん》を洗《あら》った。吃完飯後，妹妹洗好了飯碗。

チャンス 機會

□□□

チャンスをつかんでください。 請把握機會。

注意《ちゅうい》 注意、警告

（—する：注意、警告）

□□□

工場《こうじょう》の中《なか》は危《あぶ》ないですから、注意《ちゅうい》してください。
工廠裡面很危險，請小心注意

Track 174

中学《ちゅうがく》 國中、中學

□□□

中学《ちゅうがく》の時《とき》はバレー部《ぶ》でした。 我國中時是排球社的。

中学生《ちゅうがくせい》 國中生、中學生

□□□

中学生《ちゅうがくせい》の時《とき》、髪《かみ》が短《みじか》かった。 我讀國中時是短髮。。

中学校《ちゅうがっこう》 國中、中學

中学校《ちゅうがっこう》の先生《せんせい》は私《わたし》の恩師《おんし》です。 國中的老師是我的恩師。

中国《ちゅうごく》 中國

中国《ちゅうごく》の歴史《れきし》はものすごく長《なが》いです。 中國的歷史很長。

中国語《ちゅうごくご》 中文

中国語《ちゅうごくご》の小説《しょうせつ》は読《よ》めますか。 你看得懂中文小說嗎？

Track 175

中止《ちゅうし》 中止（—する：中止）

試合《しあい》は雨《あめ》で中止《ちゅうし》になった。 比賽因雨中止。

注射《ちゅうしゃ》 注射（—する：注射）

インフルエンザの予防注射《よぼうちゅうしゃ》をしましたか。
你預防注射流行性感冒疫苗了嗎？

駐車《ちゅうしゃ》 停車（—する：停車）

ここは駐車禁止《ちゅうしゃきんし》です。 這裡禁止停車。

駐車場《ちゅうしゃじょう》 停車場

彼《かれ》は駐車場《ちゅうしゃじょう》で待《ま》っている。 他在停車場等著。

注目《ちゅうもく》 注目、注視 □□□

（—する：注目、注視）

その画家《がか》の作品《さくひん》はみんなの注目《ちゅうもく》を集《あつ》めている。

那位畫家的作品吸引大家的注目。

Track 176

調子《ちょうし》 情況、狀態 □□□

最近《さいきん》体《からだ》の調子《ちょうし》はどうですか。 最近身體的狀態如何？

チョコレート 巧克力 □□□

バレンタインデーにチョコレートを好《す》きな人《ひと》にあげる。

情人節會將巧克力送給喜歡的人。

地理《ちり》 地理 □□□

私《わたし》の得意《とくい》な科目《かもく》は地理《ちり》です。 我擅長的科目是地理。

一日《ついたち》 一號 □□□

四月一日《しがつついたち》には嘘《うそ》をついてもいいですよ。 四月一號可以說謊。

月《つき》 月亮 □□□

ドアの透《す》き間《ま》から月《つき》の光《ひかり》が射《さ》した。 從門縫透進了月亮的光芒。

Track 177

次《つぎ》 下一個 □□□

次《つぎ》の駅《えき》で止《と》めてください。 請停在下一個車站。

机《つくえ》 書桌、桌子 □□□

電子辞書《でんしじしょ》は机《つくえ》の上《うえ》にあります。 電子辭典放在桌子上。

都合《つごう》 狀況、湊巧、方便、安排 □□□

（—する：安排／副詞：共計）

あの日《ひ》はどうしても都合《つごう》がつかない。 那一天怎樣都抽不出空。

妻《つま》 （自己的）妻子 □□□

妻《つま》は私《わたし》より年上《としうえ》です。 妻子的年紀比我大。

つもり 打算、意圖 □□□

週末《しゅうまつ》に何《なに》をするつもりですか。 週末有什麼打算？

Track 178

釣《つ》り 釣魚（～をします） □□□

彼《かれ》の趣味《しゅみ》は釣《つ》りをすることです。 他的興趣是釣魚。

手《て》 手、手段

手《て》を繋《つな》いで、頑張《がんば》りましょう。 牽起手，一起加油吧。

T《ティー》シャツ T恤

娘《むすめ》に私《わたし》とお揃《そろ》いのT《ティー》シャツを着《き》せた。 我給女兒穿上和我成套的T恤。

定食《ていしょく》 定食、套餐

お昼《ひる》の定食《ていしょく》は安《やす》くて美味《おい》しいです。 中午吃的定食便宜又美味。

テープ 錄音帶、帶子

その映画《えいが》のビデオテープはどこですか。
那個電影的影像帶在哪裡？

Track 179

テーブル 桌子

まだ引越《ひっこ》ししたばかりなので、テーブルがない。 因為剛搬家過來，所以還沒有桌子。

テープレコーダー 錄音機

テープレコーダーは故障《こしょう》してしまいました。 錄音機故障了。

手《て》紙《がみ》 信

母《はは》からの手《て》紙《がみ》を読《よ》んで、泣《な》きました。 讀了媽媽寫的信，我哭了。

テキスト 教科書

英語《えいご》のテキストはどこに置《お》いたんですか。
英文的教科書放在哪兒了？

出《で》口《ぐち》 出口

出《で》口《ぐち》の位置《いち》を覚《おぼ》えてください。 請記住出口的位置。

Track 180

デザイン 設計（—する：設計）

これは私《わたし》が自分《じぶん》でデザインした服《ふく》です。
這件是我自己設計的衣服。

テスト 考試、檢查（—する：考試、檢查）

テストのために、勉強《べんきょう》してください。 為了考試，請念書。

手《て》帳《ちょう》 記事本

毎日《まいにち》の出来事《できごと》を手帳《てちょう》に記入《きにゅう》する。
將每天發生的事記到記事本中。

デッキ 甲板、艙面

□□□

キャプテンはデッキを歩《ある》いている。 船長在甲板上走動。

テニス 網球

□□□

テニスが上手《じょうず》になりたい。 我想變得擅長網球。

Track 181

テニスコート 網球場

□□□

テニスコートがある学校《がっこう》に入《はい》りたい。 我想進入有網球場的學校。

デパート 百貨公司

□□□

デパートでショッピングをしている。 我在百貨公司購物。

手《て》袋《ぶくろ》 手套

□□□

冬《ふゆ》に灰色《はいいろ》の手《て》袋《ぶくろ》を買《か》いました。 我在冬天買了灰色的手套。

寺《てら》 寺廟、佛寺

□□□

彼《かれ》は寺《てら》の息子《むすこ》に生《う》まれた。 他出生在管理寺廟的家庭裡。

テレビ 電視

□□□

私《わたし》はテレビを見《み》ている。 我在看電視。

Track 182

テレホンカード　電話卡

□□□

携帯《けいたい》の普及《ふきゅう》で、テレホンカードを使《つか》う人《ひと》は少《すく》なくなった。

因為手機的普及，用電話卡的人越來越少。

点《てん》　點、分數

□□□

今《いま》からこの点《てん》について詳《くわ》しく説明《せつめい》する。

現在將針對這點詳加說明。

店員《てんいん》　店員

□□□

その店員《てんいん》さんはかわいいです。　那名店員真可愛。

天気《てんき》　天氣

□□□

いい天気《てんき》ですね。　天氣真好呢！

電気《でんき》　電燈

□□□

電気《でんき》を消《け》してくれませんか。　可以關一下電燈嗎？

Track 183

天気予報《てんきよほう》　天氣預報

□□□

天気予報《てんきよほう》によると、今日《きょう》は雨《あめ》です。

根據天氣預報，今天是雨天。

転勤《てんきん》 調職（—する：調職）

私《わたし》は支社《ししゃ》に転勤《てんきん》しろと命令《めいれい》された。 我被命令調職至分公司。

電車《でんしゃ》 電車

私《わたし》たちは電車《でんしゃ》で原宿《はらじゅく》に行《い》く。 我們搭電車去原宿。

電池《でんち》 電池

電池《でんち》はリサイクルできる。 電池可以回收。

電灯《でんとう》 電燈

電灯《でんとう》を消《け》してくれませんか。 可以幫我關燈嗎？

Track 184

てんぷら 天婦羅

野菜《やさい》のてんぷらが大好《だいす》きです。 我很喜歡蔬菜天婦羅。

電報《でんぽう》 電報

彼女《かのじょ》にお祝《いわ》いの電報《でんぽう》を送《おく》った。 我給她發了賀電。

展覧会《てんらんかい》 展覽會

美術《びじゅつ》の展覧会《てんらんかい》を見《み》に行《い》きました。 我去看了美術展覽會。

電話《でんわ》 電話（—する：打電話、講電話）

電話番号《でんわばんごう》を教《おし》えてください。 請告訴我電話號碼。

戸《と》 門、房門

寒《さむ》いから、戸《と》を閉《し》めてください。 很冷，請關上房門。

Track 185

ドア 門

あのホテルは回転《かいてん》ドアがあります。 那個旅館有旋轉門。

ドイツ 德國

ドイツに行《い》ったことがありますか。 你有去過德國嗎？

トイレ 洗手間、廁所

ちょっとトイレに行《い》ってきます。 我去一下廁所。

道具《どうぐ》 道具

コンを修理《しゅうり》する道具《どうぐ》がありません。 沒有修理電腦的工具。

父《とう》さん 爸爸、父親

お父《とう》さんのお仕事《しごと》は何《なん》ですか。 您父親從事什麼工作？

Track 186

東南《とうなん》 東南

□□□

今東南《いまとうなん》アジアの気候《きこう》はどうですか。 現在東南亞的氣候如何？

動物《どうぶつ》 動物

□□□

あの先生《せんせい》は動物《どうぶつ》が大《だい》好《す》きです。 那位老師很喜歡動物。

動物園《どうぶつえん》 動物

□□□

先 週 動物園《せんしゅうどうぶつえん》でキリンを見《み》ました。 上禮拜在動物園看到了長頸鹿。

登録《とうろく》 登記（—する：登記）

□□□

性別《せいべつ》と名前《なまえ》を登録《とうろく》してください。 請登記性別及姓名。

Track 187

十《とお》 十、十歲

□□□

息子《むすこ》は今年《ことし》十《とお》になる。 兒子今年要十歲了。

十日《とおか》 十號、十天

□□□

五月十日《ごがつとおか》は母《はは》の日《ひ》です。 五月十號是母親節。

遠《とお》く 遠處

□□□

彼《かれ》はその光景《こうけい》を遠《とお》くから見《み》ている。 他在遠處看著那副光景。

ドーナツ　甜甜圈

ドーナツを食《た》べすぎて2キロも太《ふと》った。
吃太多甜甜圈居然胖了 2 公斤。

通《とお》り　街道、（人車）往來、暢通、大約、照著……

今《いま》泊《と》まっているホテルは賑《にぎ》やかな通《とお》りにあります。
我現在住的旅館位於熱鬧的大街上。

Track 188

時《とき》　時間、時候

寝《ね》る時《とき》にカーテンを閉《し》めてください。　要睡覺時請把窗簾拉上。

独身《どくしん》　單身、未婚

彼女《かのじょ》は独身《どくしん》主義《しゅぎ》を持《も》っている。　她是單身主義者。

時《と》計《けい》　鐘錶

誕生《たんじょう》日《び》に目《め》覚《ざ》まし時《と》計《けい》をもらった。　我在生日時收到了鬧鐘。

どこ　哪裡

新宿駅《しんじゅくえき》はどこですか。　新宿車站在哪裡？

床屋《とこや》 理髮廳

彼《かれ》は一人《ひとり》で床屋《とこや》を経営《けいえい》している。 他一個人經營著理髮廳。

Track 189

所《ところ》 地方、部分

この町《まち》のいい所《ところ》は空気《くうき》がきれいなところです。
這個城市好的地方是空氣很清淨。

年《とし》 年、歲

おばあさんは年《とし》を取《と》ったけど、元気《げんき》がいいです。
祖母年紀大了，但還是很有活力。

都市《とし》 都市

台北《たいぺい》は人口四百万《じんこうよんひゃくまん》の大都市《だいとし》だ。 台北是有四百萬人口的大都市。

図書館《としょかん》 圖書館

図書館《としょかん》へ本《ほん》を借《か》りに行《い》きます。 我去圖書館借書。

途中《とちゅう》 中途

話《はなし》の途中《とちゅう》で口《くち》を挟《はさ》まれるのがすごく嫌《いや》です。
我非常討厭話說到一半被插話。

Track 190

どちら 哪邊（どこ的禮貌型）

おうちはどちらですか。 你的家在哪邊？

特急《とっきゅう》 特快車

京阪特急《けいはんとっきゅう》に乗《の》ったことがありますか。
你有搭過京阪特快車嗎？

どなた 哪位（だれ的禮貌型）

この本《ほん》はどなたにもらいましたか。 這本書是哪位送給你的？

隣《となり》 鄰居、鄰近

隣《となり》の夫婦《ふうふ》はとても熱心《ねっしん》な人《ひと》です。 鄰居夫婦是非常熱心的人。

友達《ともだち》 朋友

彼女《かのじょ》と友達《ともだち》になって、うれしいと思《おも》う。
我很開心能和她成為朋友。

Track 191

土曜日《どようび》 星期六

今週《こんしゅう》の土曜日《どようび》に何《なに》か予定《よてい》がありますか。
本週六你有什麼預定嗎？

鳥《とり》 鳥

□□□

鳥《とり》は飛《と》べて、うらやましいと思《おも》う。 我很羨慕鳥可以飛。

鶏肉《とりにく》 雞肉

□□□

豚肉《ぶたにく》より、鶏肉《とりにく》のほうが好《す》きです。 比起豬肉，我更喜歡雞肉。

どれ 哪個

□□□

彼《かれ》が描《か》いた絵《え》はどれですか。 他畫的畫是哪一幅？

ドレス 女用禮服

□□□

このドレスは派手《はで》すぎませんか。 這件禮服不會太過花俏嗎？

泥棒《どろぼう》 小偷

□□□

警察《けいさつ》がその泥棒《どろぼう》を捕《つか》まえた。 警察抓到那個小偷了。

【動詞】

Track 192

倒《たお》す　弄倒、推翻　□□□

彼《かれ》はその敵《てき》を倒《たお》した。 他打倒了那個敵人。

倒《たお》れる　倒、倒下、病倒　□□□

無理《むり》をして倒《たお》れたら元《もと》も子《こ》もない。
若是逞強結果病倒了，可就得不償失了。

足《た》す　加、增加　□□□

七《しち》に四《よん》を足《た》すと十一《じゅういち》になる。 七加四等於十一。

出《だ》す　提出、交出、寄（信）　□□□

“早《はや》くレポートを出《だ》して”と先生《せんせい》に言《い》われた。
老師叫我「趕快交報告」。

訪《たず》ねる　拜訪、造訪　□□□

彼女《かのじょ》の実家《じっか》を訪《たず》ねた。 我拜訪了女友的老家。

尋《たず》ねる 詢問

Track 193

あのお巡《まわ》りさんに道《みち》を尋《たず》ねてみましょう。
我們去向那位警察先生問看看路吧。

立《た》つ 站立

遅《おく》れた人《ひと》は立《た》ってください。 遲到的人請站起來。

立《た》てる 豎立、立定、揚起、掀起、推派、指派、扎、發出（聲響）、燒開、立下、保全

行動《こうどう》する前《まえ》にまず計画《けいかく》を立《た》ててください。
行動之前請先訂好計畫。

建《た》てる 蓋、建造、建築

私《わたし》の家《いえ》はその有名《ゆうめい》な建築家《けんちくか》が建《た》てました。 我的家是由那名知名建築家建造的。

楽《たの》しむ 享樂、期待、欣賞

ここなら人《ひと》の目《め》を気《き》にせず食事《しょくじ》をゆっくり楽《たの》しむことができる。 在這裡可以不用在意人們的目光，慢慢地享受餐點。

Track 194

頼《たの》む 拜託、請求

この件《けん》を彼《かれ》に頼《たの》もうと思っている。 我想這件事要拜託他。

食《た》べる 吃

母《はは》の手《て》料《りょう》理《り》が食《た》べたいです。 我想吃母親做的料理。

足《た》りる 足夠

お菓子《かし》は足《た》りていますか。 點心足夠嗎？

違《ちが》う 不對、不是

結果《けっか》が彼《かれ》の予想《よそう》とは違《ちが》う。 結果不是他所預想的。

使《つか》う 使用

遠慮《えんりょ》なくこの部屋《へや》を自由《じゆう》に使《つか》ってください。
別在意，請自由使用這間房間。

Track 195

捕《つか》まえる 逮捕、捉到

警察《けいさつ》の仕事《しごと》は悪《わる》い人《ひと》を捕《つか》まえることです。
警察的工作就是逮捕壞人。

疲《つか》れる　疲累

□□□

すごく疲《つか》れたから、すぐ家《いえ》に帰《かえ》りたい。我很疲累，想馬上回家。

着《つ》く　到達、抵達

□□□

三時間《さんじかん》かけて、東京《とうきょう》に着《つ》いた。花了三小時抵達東京。

点《つ》く　點（燈、火）、開啟（裝置）

□□□

ガスコンロの具合《ぐあい》が悪《わる》くて火《ひ》が点《つ》かない。
瓦斯爐怪怪的火點不著。

作《つく》る　做、製

□□□

料理《りょうり》の先生《せんせい》がケーキを作《つく》っている。料理老師正在製作蛋糕。

Track 196

付《つ》ける　附加、抹上、安裝

□□□

カレーライスを注文《ちゅうもん》すると、サービスでコロッケを付《つ》けますよ。只要點咖哩飯，就送可樂餅。

漬《つ》ける　浸泡、醃漬

□□□

母《はは》が洗濯物《せんたくもの》を水《みず》に漬《つ》けておいた。母親將要洗的衣物浸泡至水中。

伝《つた》える 傳達、傳遞、流傳 □□□

お母《かあ》さんに今日《きょう》晩《ばん》ごはんはいらないって伝《つた》えて。

幫我跟媽媽說我今天不回家吃晚餐。

続《つづ》く 繼續、持續 □□□

彼《かれ》の冒険《ぼうけん》はまだまだ続《つづ》く。 他的冒險仍會繼續下去。

続《つづ》ける 繼續、持續 □□□

話《はなし》を続《つづ》けてください。 請繼續說。

Track 197

包《つつ》む 包圍、包住 □□□

この本《ほん》をプレゼント用《よう》に包《つつ》んでください。

請把這本書包成禮品。

勤《つと》める 工作、任職、擔任 □□□

父親《ちちおや》がその会社《かいしゃ》に社長《しゃちょう》として勤《つと》めている。

父親任職那間公司的社長。

つまむ 抓一撮 □□□

塩《しお》をつまんでスープに加《くわ》えた。 抓一撮鹽巴加入湯中。

釣《つ》る 釣、引誘

彼《かれ》がお菓子《かし》で子供《こども》を釣《つ》っている。 他正用點心引誘孩子。

連《つ》れて行《い》く 帶（某人）去

私《わたし》を動物園《どうぶつえん》に連《つ》れて行《い》ってください。 請帶我到動物園。

Track 198

連《つ》れてくる 帶（某人）來

母《はは》が私《わたし》をここに連《つ》れてきました。 媽媽帶我來到這裡。

連《つ》れる 帶、帶領、跟隨

母《はは》が妹《いもうと》を連《つ》れて公園《こうえん》に行《い》った。 母親帶妹妹去公園。

出《で》かける 出門、外出

娘《むすめ》は出《で》かけることが大好《だいす》きです。 女兒很喜歡外出。

できる 會、能夠、可以

ここから東京《とうきょう》を眺《なが》める事《こと》ができる。 從這裡可以眺望到東京。

手伝《てつだ》う 幫助、幫忙

家事《かじ》を手伝《てつだ》いましょうか。 來幫忙做家事吧！

Track 199

出《で》る 走出

彼女《かのじょ》はその部屋《へや》から出《で》てきた。 她走出那間房間了。

通《とお》る 通過、走過、暢通、實現、受承認

この道《みち》は工事《こうじ》中《ちゅう》で通《とお》れない。 這條路正在施工過不去。

届《とど》ける 遞送、遞交

この書類《しょるい》を主任《しゅにん》のところに届《とど》けてください。
請把這份文件送去主任那裡。

整《ととの》える 整理

面接《めんせつ》のために、髪《かみ》の毛《け》を整《ととの》えた。 為了面試，我整理了頭髮。

泊《と》まる 住（家以外的地方）

ここに泊《と》まってもいいですか。 可以住在這裡嗎？

Track 200

止《と》める 停、終止

彼女《かのじょ》は足《あし》を止《と》めて休憩《きゅうけい》する。 她停下腳步休息。

泊《と》める 留宿、住宿 □□□

雨《あめ》が降《ふ》ったから、友人《ゆうじん》を泊《と》めてあげた。
因為下雨了，所以我借朋友留宿。

留《と》める 固定 □□□

切《き》れた靴紐《くつひも》を安全《あんぜん》ピンで留《と》めた。 用安全別針固定住斷掉的鞋帶。

取《と》り替《か》える 換、更換、替換 □□□

昨日《きのう》買《か》った不良品《ふりょうひん》を取《と》り替《か》えりに行《い》く。
我去更換昨天買到的瑕疵品。

取《と》る 拿、取、花費、除掉 □□□

その本《ほん》を取《と》ってもらえませんか。 可以幫我拿那本書嗎？

撮《と》る 照相、攝影 □□□

その観光《かんこう》地《ち》は写真《しゃしん》を撮《と》る人《ひと》がいつも多《おお》い。 在那個觀光景點有許多人在拍照。

【形容詞】

Track 201

大《だい》事《じ》 重要、保重、愛護的（名詞：大事） □□□

大《だい》事《じ》な人《ひと》をちゃんと守《まも》ってください。 請好好守護重要的人。

大《だいじょう》丈夫《ぶ》 沒關係的、不要緊 □□□

一人《ひとり》で本当《ほんとう》に大《だい》丈《じょう》夫《ぶ》なのですか。 一個人真的不要緊嗎？

大《だい》好《す》き 最喜歡的 □□□

私《わたし》が大《だい》好《す》きな果物《くだもの》はいちごです。 我最喜歡的水果是草莓。

大切《たいせつ》 重要的 □□□

大切《たいせつ》な人《ひと》をちゃんと守《まも》らなければならない。
重要的人必須要好好守護。

大変《たいへん》 很、非常、不容易、嚴重的 □□□

（副詞：非常地／名詞：大事件）

大変《たいへん》な時期《じき》だけど、みんなで頑張《がんば》りましょう。 現在是非常辛苦的時期，大家一起加油吧！

高《たか》い 高的、貴的

Track 202

□□□

そのブランド品《ひん》のかばんは高《たか》いでしょ。 那個名牌包很貴吧？

確《たし》か 明確、確定的

□□□

確《たし》かな情報《じょうほう》がほしいです。 我想要明確的情報。

正《ただ》しい 正確的

□□□

正《ただ》しい答《こた》えに直《なお》してください。 請修正成正確的答案。

楽《たの》しい 愉快的、高興的

□□□

昨日《きのう》のデートは楽《たの》しかったです。 昨天的約會很愉快。

駄目《だめ》 無用、白費、不行的

□□□

あの男《おとこ》は本当《ほんとう》に駄目《だめ》な人間《にんげん》だと思《おも》う。 我覺得他真的是沒用的人。

小《ちい》さい 小的

Track 203

□□□

前回《ぜんかい》会《あ》ったときは小《ちい》さかったけど、今《いま》は大人《おとな》になったね。 上次見面還很小，現在都變成大人了呢！

近《ちか》い　近的

□□□

顔《かお》が近《ちか》いので、少《すこ》し離《はな》れてください。
臉太近了，請稍微退後一點。

つまらない　無聊的

□□□

彼《かれ》らがつまらない話《はなし》ばかりしている。　他們總是說著無聊的話。

冷《つめ》たい　涼的

□□□

冷《つめ》たい手《て》で私《わたし》の顔《かお》を触《さわ》るな。　不要用冷冰冰的手碰我的臉。

強《つよ》い　強的

□□□

日《ひ》が強《つよ》いので、今日《きょう》は出《で》かけたくない。　因為太陽很大，所以我今天不想出門。

Track 204

辛《つら》い　辛苦的、難受的

□□□

あんな辛《つら》い思《おも》いは二度《にど》としたくない。
那樣痛苦的遭遇不想再有第二次。

丁寧《ていねい》　有禮貌、客氣的、仔細的（名詞：禮貌、鄭重）

□□□

丁寧《ていねい》な言《い》い方《かた》で言《い》ってください。　請用客氣的說法表達。

適当《てきとう》 適當的、隨便的 □□□

適当《てきとう》なことを言《い》わないでください。 請別說些隨便的話。

遠《とお》い 遠的 □□□

距離《きょり》が遠《とお》いので、行《い》きたくない。 距離太遠了，我不想去。

特別《とくべつ》 特別的（副詞：格外） □□□

誕生《たんじょう》日《び》にとても特別《とくべつ》なプレゼントをもらった。
我在生日時得到了非常特別的禮物。

どんな 怎樣的、如何的 □□□

彼氏《かれし》はどんな人《ひと》ですか。 你男朋友是怎樣的人？

〔副詞〕

Track 205

どうして　為什麼

□□□

星《ほし》はどうして輝《かがや》くのですか。　星星為什麼會散發光芒呢？

どうぞ　請、給你

□□□

どうぞお入《はい》りください。　請進。

どうも　謝了

□□□

どうもありがとうございました。　謝謝你。

時々《ときどき》　有時

□□□

時々家《ときどきいえ》の鍵《かぎ》を忘《わす》れます。　我有時候會忘記帶家裡的鑰匙。

隨堂小測驗

請根據題意，選出正確的選項。

(　　) 1. 彼《かれ》は一人《ひとり》で「床屋《とこや》」を経営《けいえい》している。

(A) 理髮廳　(B) 寢具店　(C) 室內裝潢店　(D) 廚具店

(　　) 2. 母《はは》が私《わたし》をここに「連《つ》れてきました」。

(A) 送行　(B) 帶（某人）來

(C) 帶走　(D) 帶（某人）去

(　　) 3. 「テニス」が上手《じょうず》になりたい。

(A) 桌球　(B) 足球　(C) 網球　(D) 排球

(　　) 4. あの男《おとこ》は本当《ほんとう》に「駄目《だめ》」な人間《にんげん》だと思《おも》う。

(A) 無聊的　(B) 無用的　(C) 有趣的　(D) 有實力的

(　　) 5. 塩《しお》を「つまんで」スープに加《くわ》えた。

(A) 抓一小撮　(B) 加一湯匙　(C) 倒入　(D) 量測

(　　) 6. 彼《かれ》は法学部《ほうがくぶ》の「大学院《だいがくいん》」を通《かよ》っている。

(A) 大學　(B) 研究所　(C) 校園　(D) 分校

(　　) 7. 「丁寧《ていねい》」な言《い》い方《かた》で言《い》ってください。

(A) 客氣的　(B) 不客氣的

(C) 簡單易懂的　(D) 詳細敘述的

(　　) 8. 母《はは》は「台所《だいどころ》」で晩御飯《ばんごはん》を作《つく》っている。

(A) 餐廳　(B) 客廳　(C) 飯廳　(D) 廚房

解答：1. (A)　2. (B)　3. (C)　4. (B)
5. (A)　6. (B)　7. (A)　8. (D)

JLPT N4

な／ナ行

一般名詞

Track 206

ナイフ　刀子

彼女《かのじょ》はナイフで恋人《こいびと》を刺《さ》した。　她用刀子刺傷戀人。

中《なか》　中心

このクラスの中《なか》で、成績《せいせき》が一番《いちばん》いい人《ひと》は誰《だれ》ですか。　這個班級中，成績最好的人是誰？

夏《なつ》　夏天

夏《なつ》の終《お》わりに花火大会《はなびたいかい》が開催《かいさい》される。　夏末會舉辦煙火大會。

夏休《なつやす》み　暑假

夏休《なつやす》みに何《なに》か企画《きかく》がありますか。　暑假有什麼規劃嗎？

七《なな》　七

妹《いもうと》 は今年《ことし》七歳《ななさい》になりました。　我妹妹今年七歲了。

Track 207

七《なな》つ　七個、七歲

卵《たまご》 を七《なな》つ買《か》ってくれませんか。　可以幫我買七顆蛋嗎？

何《なに》 什麼、怎麼

□□□

誕生《たんじょう》日《び》に何《なに》がほしいですか。 你生日想要什麼？

七日《なのか》 七號、七天

□□□

七月七日《しちがつなのか》は中国《ちゅうごく》のバレンタインデーです。

七月七號是中國的情人節。

名前《なまえ》 名字

□□□

彼女《かのじょ》の名前《なまえ》は何《なん》ですか。 她的名字是什麼？

波《なみ》 波浪

□□□

私《わたし》たちが乗《の》ったボートは波《なみ》にのまれた。

我們搭乘的小船被波浪吞噬了。

二《に》 二

Track 208

□□□

プリントが二《に》枚《まい》足《た》りません。 講義少了兩張。

匂《にお》い 味道

□□□

台所《だいどころ》で異様《いよう》な匂《にお》いがする。 廚房飄出異味。

肉《にく》 肉

彼氏《かれし》は焼《や》き肉《にく》が大好《だいす》きです。 男友很喜歡烤肉。

西《にし》 西邊

太陽《たいよう》は西《にし》に沈《しず》んだ。 太陽從西邊落下。

二十四日《にじゅうよっか》 二十四號

来月《らいげつ》の二十四日《にじゅうよっか》は母《はは》の誕生日《たんじょうび》です。
下個月的二十四號是我母親的生日。

Track 209

日曜日《にちようび》 星期日

今週《こんしゅう》の日曜日《にちようび》に動物園《どうぶつえん》に行《い》こうか。本週日要一起去動物園嗎？

日記《にっき》 日記

彼《かれ》の日記《にっき》を読《よ》んでいる。 我在讀他的日記。

日本《にほん》 日本

機会《きかい》があったら、ぜひ日本《にほん》へ遊《あそ》びに行《い》ってください。
若有機會，請一定要去日本玩。

日本語《にほんご》 日語 □□□

大学《だいがく》の専門《せんもん》は日本語《にほんご》だった。 我大學專攻日文。

荷物《にもつ》 行李 □□□

荷物《にもつ》をまとめている。 我在整理行李。

Track 210

入院《にゅういん》 住院（—する：住院） □□□

父親《ちちおや》は病気《びょうき》で入院《にゅういん》しました。 父親因生病而住院了。

入学《にゅうがく》 入學（—する：入學） □□□

彼《かれ》は入学試験《にゅうがくしけん》に不合格《ふごうかく》です。 他沒有通過入學測驗。

ニュース 新聞、消息 □□□

今日《きょう》のニュースを見《み》ましたか。 你看到今天的新聞了嗎？

庭《にわ》 庭院 □□□

庭《にわ》がある家《いえ》を持《も》ちたいです。 我想要有庭院的家。

～人《にん》 ～個人 □□□

今日《きょう》の出席者《しゅっせきしゃ》は何人《なんにん》ですか。 今天有幾個人出席？

Track 211

人形《にんぎょう》 娃娃

娘《むすめ》 は人 形《にんぎょう》遊び《あそび》をしている。 女兒在玩娃娃。

根《ね》 根

雑草《ざっそう》は根《ね》から抜《ぬ》いてください。 雜草請連根拔起。

音《ね》 聲音

どこかから鈴《すず》の音《ね》が聞《き》こえる。 從某處傳來鈴聲。

ネクタイ 領帶

父《ちち》の日《ひ》 にネクタイをプレゼントする。
父親節要買領帶當禮物。

猫《ねこ》 貓

家《いえ》に猫《ねこ》が四匹《よんひき》いる。 我家有四隻貓。

Track 212

値段《ねだん》 價格

スポーツカーの値段《ねだん》が高《たか》すぎて 私《わたし》 にはとても買《か》えない。
跑車的價格太貴，我怎樣也買不起。

熱《ねつ》 發燒、熱度

熱《ねつ》があって、学校《がっこう》を休《やす》みました。
我因為發燒向學校請假了。

熱愛《ねつあい》 熱愛、熱戀

（―する：熱愛、熱戀）

あの二人《ふたり》の熱愛《ねつあい》は週刊誌《しゅうかんし》で報道《ほうどう》された。
那兩個人被週刊爆出正在熱戀中。

ネックレス 項鍊

クリスマスに彼氏《かれし》からネックレスをもらいました。
我在聖誕節時收到了男友送的項鍊。

寝坊《ねぼう》 賴床（―する：賴床）

寝坊《ねぼう》して飛行機《ひこうき》に乗《の》り遅《おく》れました。 因為賴床而沒趕上飛機。

Track 213

農業《のうぎょう》 農業

今《いま》の農業《のうぎょう》はだんだん機械化《きかいか》を推進《すいしん》している。 現今的農業漸漸朝機械化推進。

ノート 筆記本

ノートを貸《か》してくれませんか。 可以借我筆記本嗎？

喉《のど》 喉嚨

喉《のど》が渇《かわ》いたので、水《みず》をいただけませんか。 我喉嚨有點渴，可以給我一些水嗎？

飲《の》み物《もの》 飲料

何《なに》か飲《の》み物《もの》が要《い》りますか。 請問需要飲料嗎？

乗《の》り場《ば》 候車處

バスの乗《の》り場《ば》で待《ま》っている。 在巴士的候車處等待。

乗《の》り物《もの》 交通工具

何《なん》の乗《の》り物《もの》で台北《たいぺい》に行《い》きましたか。

你搭乘什麼交通工具到台北？

【動詞】

Track 214

直《なお》す 訂正、修改

この誤《あやま》りを直《なお》してください。 請訂正這個錯誤。

直《なお》る 復原、修好、矯正

落《お》ちたサーバーは直《なお》ったみたい。 壞掉的伺服器好像修好了。

治《なお》る 治好、痊癒

風邪《かぜ》がなかなか治《なお》らない。 感冒一直好不了。

泣《な》く 哭泣

赤《あか》ちゃんはお腹《なか》が空《す》いて泣《な》き出《だ》した。 小嬰兒肚子餓便哭了起來。

無《な》くす 失去

不注意《ふちゅうい》で財布《さいふ》を無《な》くした。 因為沒多加注意所以弄丟了錢包。

Track 215

亡《な》くなる 去世（較死ぬ委婉的說法）

昨日《きのう》亡《な》くなった母《はは》の夢《ゆめ》を見《み》ました。 昨天我夢見了已過世的母親。

無《な》くなる　消失、丟失

□□□

女性《じょせい》差別《さべつ》は未《いま》だに無《な》くならない。　女性歧視直到現今都未消失。

投《な》げる　拋投、丟

□□□

あの子《こ》はボールを投《な》げている。　那個孩子正在丟球。

なさる　為、做（なす、する的敬語）

□□□

お仕事《しごと》は何《なに》をなさっているんですか。　請問您從事什麼工作？

習《なら》う　學習

□□□

その先生《せんせい》のところで英語《えいご》を習《なら》っている。
我在跟那位老師學習英語。

Track 216

並《なら》べる　並列、排列

□□□

その店《みせ》の前《まえ》にたくさんの人《ひと》が並《なら》んでいる。　那間店門前排了很多人。

なる　成為

□□□

弟《おとうと》は将来《しょうらい》警察《けいさつ》になりたがっている。　弟弟希望未來能成為警察。

鳴《な》る　響、叫

□□□

お腹《なか》が空《す》いてグーと鳴《な》った。　肚子餓得咕嚕咕嚕叫。

慣《な》れる 習慣

□□□

新《あたら》しい生活《せいかつ》には慣《な》れましたか。 你習慣新生活了嗎？

逃《に》げる 逃跑、逃避

□□□

三十六計《さんじゅうろっけい》逃《に》げるに如《し》かず。 三十六計走為上策。

似《に》る 相像、相似

Track 217

□□□

私《わたし》は母《はは》に似《に》ているとよく言《い》われる。 別人經常說我和我媽很像。

脱《ぬ》ぐ 脫掉

□□□

入《はい》る前《まえ》に、靴《くつ》を脱《ぬ》いでください。 進入前請脫掉鞋子。

盗《ぬす》む 偷竊

□□□

そのルームメートが私《わたし》のお金《かね》を盗《ぬす》んだ。 那名室友偷了我的錢。

塗《ぬ》る 塗、抹

□□□

壁《かべ》をもう一度《いちど》白《しろ》く塗《ぬ》りたい。 我想把牆壁再塗白一次。

眠《ねむ》る 睡著、長眠、沉睡 □□□

眠《ねむ》れない時《とき》は羊《ひつじ》を数《かぞ》えてみてください。

睡不著時請試著數數羊。

Track 218

寝《ね》る 睡覺、就寢 □□□

もう寝《ね》る時間《じかん》ですよ。 到了就寢的時間了喔！

残《のこ》す 殘留、留下 □□□

親《おや》が私《わたし》と弟《おとうと》を残《のこ》して亡《な》くなった。雙親留下我跟弟弟去世了。

残《のこ》る 留下、剩下、遺留 □□□

ここに残《のこ》された足跡《あしあと》は誰《だれ》のものですか。

這裡的腳印是誰留下的？

乗《の》せる 搭乘、乘載 □□□

車《くるま》に乗《の》せてもらえませんか。 可以搭你的車嗎？

登《のぼ》る 登、爬（山） □□□

今週《こんしゅう》の週末《しゅうまつ》に富士山《ふじさん》に登《のぼ》りに行《い》きたい。

這個週末我想去爬富士山。

Track 219

飲《の》む　喝、吃藥

□□□

暑《あつ》いときはコーラが飲《の》みたい。　很炎熱的時候就想喝可樂。

乗《の》り換《か》える　換乘、換車

□□□

電車《でんしゃ》からタクシーに乗《の》り換《か》えた。　從電車換乘計程車。

乗《の》る　搭乘

□□□

飛行機《ひこうき》に乗《の》って、北海道《ほっかいどう》に行《い》く。　搭乘飛機前往北海道。

【形容詞】

Track 220

無《な》い　無、沒有

携帯電話《けいたいでんわ》が無《な》い人《ひと》はいないでしょ。　沒有無持有手機的人吧！

長《なが》い　長的

その長《なが》い足《あし》がある女性《じょせい》は誰《だれ》ですか。　那位腿很長的女性是誰？

苦《にが》い　苦的

苦《にが》いお茶《ちゃ》には苦手《にがて》です。　我很不擅長喝苦的茶。

賑《にぎ》やか　熱鬧的

お祭《まつ》りの賑《にぎ》やかな雰囲気《ふんいき》が大好《だいす》きです。
我喜歡祭典上熱鬧的氣氛。

温《ぬく》い　溫的

お茶《ちゃ》がだんだん温《ぬく》くなった。　茶漸漸變溫了。

熱心《ねっしん》 熱心的（名詞：熱心）

□□□

隣《となり》に住《す》んでいるとても熱心《ねっしん》な二人《ふたり》はどういう関係《かんけい》ですか。

住在隔壁、非常熱心的那兩個人是什麼關係呢？

眠《ねむ》い 想睡、睏的

□□□

今《いま》はとても眠《ねむ》いけど、我慢《がまん》しかない。

我現在非常想睡，但只能忍耐了。

Note

隨堂小測驗

請根據題意，選出正確的選項。

(　　) 1. 台所《だいどころ》で異様《いよう》な「匂《にお》い」がする。

(A) 裝潢　(B) 顏色　(C) 聲音　(D) 味道

(　　) 2. 今日《きょう》の「ニュース」を見《み》ましたか。

(A) 行程表　(B) 報紙　(C) 節目　(D) 新聞

(　　) 3. 電車《でんしゃ》からタクシーに「乗《の》り換《か》えた」。

(A) 換車　(B) 乘車　(C) 下車　(D) 上車

(　　) 4. 今《いま》はとても「眠《ねむ》い」けど、我慢《がまん》しかない。

(A) 清醒　(B) 想睡　(C) 疲勞的　(D) 有精神的

(　　) 5. 弟《おとうと》は将来警察《しょうらいけいさつ》に「なり」たがっている。

(A) 做　(B) 成為　(C) 成長　(D) 夢想

解答：1. (D)　2. (D)　3. (A)
4. (B)　5. (B)

JLPT N4

はハ行

【一般名詞】

Track 221

派《は》 傾向、派別

□□□

あなたは猫《ねこ》派《は》ですか、犬《いぬ》派《は》ですか。 你是愛貓派還是愛狗派？

歯《は》 牙齒

□□□

歯《は》が痛《いた》いので、医者《いしゃ》に行《い》く。 因為牙齒很痛，所以去看醫生。

葉《は》 葉子

□□□

これは蓮《はす》の葉《は》で包《つつ》んだちまきです。 這是用蓮葉包的粽子。

場《ば》合《あい》 場合、狀況、情形

□□□

こういう非常時《ひじょうじ》に泣《な》いている場合《ばあい》ではない。

在這麼緊急的時候，可不是該哭的場合。

パーティー 派對

□□□

彼《かれ》の誕生日《たんじょうび》パーティーに招待《しょうたい》された。 我被邀請去他的生日派對。

Track 222

パート 部分、計時員工

□□□

パートのおばさんが店内《てんない》の商品《しょうひん》を勝手《かって》に持《も》ち帰《かえ》ったのを見《み》てしまった。 我不小心看見打工的歐巴桑擅自把店裡的商品帶回家。

倍《ばい》 倍、加倍 □□□

十《じゅう》の倍《ばい》は二十《にじゅう》です。 十加倍是二十。

ハイキング 郊遊（—する：郊遊） □□□

みんなでハイキングに行《い》きましょう。 大家一起去郊遊吧！

バイク 機車 □□□

彼《かれ》はバイク通勤《つうきん》だそうです。 聽說他是騎機車上下班。

拝見《はいけん》 （謙讓語）拜讀（—する：拜讀） □□□

手紙《てがみ》を拝見《はいけん》させていただきませんか。
可以讓我拜讀一下信件內容嗎？

Track 223

灰皿《はいざら》 菸灰缸 □□□

灰皿《はいざら》を用意《ようい》してくれませんか。 可以幫我準備菸灰缸嗎？

歯医者《はいしゃ》 牙科醫生 □□□

歯《は》が痛《いた》いので、歯医者《はいしゃ》に見《み》てもらった。
因為牙齒很痛，我去看了牙科醫生。

売店《ばいてん》 小商店

あのおばさんは学校《がっこう》の売店《ばいてん》を経営《けいえい》している。

那位阿姨經營著學校裡的小商店。

バイト 打工（―する：打工）

バイトのシフトが出《で》ました。 打工的班表出來了。

はがき 明信片

彼女《かのじょ》の家《いえ》へはがきを送《おく》った。 我寄明信片到她家了。

Track 224

博多《はかた》 博多

博多《はかた》のラーメンはとても有名《ゆうめい》です。 博多拉麵非常有名。

箱《はこ》 箱子、盒子

その箱《はこ》の中《なか》に何《なに》を入《い》れましたか。 那個箱子裡裝了什麼？

はさみ 剪刀

はさみで紙《かみ》を切《き》ります。 用剪刀裁剪紙張。

橋《はし》 橋

この橋《はし》を渡《わた》ると、学校《がっこう》に到着《とうちゃく》する。 過了這座橋，並抵達學校。

箸《はし》 筷子

□□□

アメリカ人《じん》は箸《はし》の使《つか》い方《かた》が苦《にが》手《て》です。 美國人不擅長使用筷子。

初《はじ》め 開始

Track 225

□□□

初《はじ》めから終《お》わりまで頑張《がんば》りましょう。
從開始到結束都讓我們一起加油吧！

場所《ばしょ》 場所、地方

□□□

この近《ちか》くに何《なに》か面白《おもしろ》い場所《ばしょ》がありますか。 這附近有比較有趣的地方嗎？

はず 應該、當然

□□□

他《ほか》の方法《ほうほう》があるはずです。 應該有別的方法。

バス 公車

□□□

バスで学校《がっこう》に通《かよ》っている。 我搭公車上學。

バスケットボール 籃球

□□□

今日《きょう》の体育《たいいく》はバスケットボールでした。
今天的體育課是籃球。

パスタ 義大利麵

Track 226

□□□

コンビニで買《か》ったパスタは意外《いがい》とおいしかった。
在便利商店買的義大利麵意外地好吃。

パスポート 護照

彼《かれ》はパスポートの更新《こうしん》に行《い》きました。 他去更新了護照。

パソコン 電腦

パソコンが買《か》いたいです。 我想買電腦。

バター 奶油

パンにバターを塗《ぬ》っている。 在麵包上塗奶油。

二十歳《はたち》 二十歳

二十歳《はたち》になる前《まえ》は、お酒《さけ》が飲《の》めません。
在二十歳之前不能夠喝酒。

Track 227

八《はち》 八

八時《はちじ》に駅《えき》で待《ま》ち合《あ》わせましょう。 我們八點在車站見吧。

パチンコ 小鋼珠

彼女《かのじょ》の趣味《しゅみ》はパチンコをすることです。 她的興趣是玩小鋼珠。

発音《はつおん》 發音

この字《じ》の発音《はつおん》を教《おし》えてください。 請告訴我這個字的發音。

二十日《はつか》 二十號、二十天 □□□

今月《こんげつ》の二十日《はつか》に運動会《うんどうかい》を行《おこな》います。本月的二十號要舉行運動會。

鼻《はな》 鼻子 □□□

象《ぞう》は鼻《はな》が長《なが》いです。 大象的鼻子很長。

Track 228

花《はな》 花 □□□

その公園《こうえん》の花《はな》がきれいです。 那座公園的花很美麗。

話《はなし》 話、談話 □□□

小《ちい》さい時《とき》から彼《かれ》とは話《はなし》が合《あ》わない。我從小時候就跟他聊不來。

バナナ 香蕉 □□□

果物《くだもの》の中《なか》で、バナナが一番《いちばん》好《す》きです。
所有水果之中，我最喜愛香蕉。

花見《はなみ》 賞花 □□□

四月《しがつ》にみんなで公園《こうえん》に花見《はなみ》に行《い》きましょう。
四月時大家一起去公園賞花吧！

母《はは》　母親

私《わたし》の母《はは》は弁護士《べんごし》です。　我的母親是位律師。

Track 229

パパ　爸爸

誕生日《たんじょうび》にパパが私《わたし》にテディベアをプレゼントしてくれた。　生日的時候爸爸送我泰迪熊當禮物。

母親《ははおや》　母親、媽媽

母親《ははおや》の仕事《しごと》は看護士《かんごし》です。　媽媽的工作是護理師。

母《はは》の日《ひ》　母親節

母《はは》の日《ひ》にお母《かあ》さんに何《なに》をあげましたか。
你在母親節送給媽媽什麼東西？

林《はやし》　樹林

木《き》を数《かぞ》えて林《はやし》を忘《わす》れる。　一葉障目，不見泰山。

パリ　巴黎

今年《ことし》の冬休《ふゆやす》みにパリへ旅行《りょこう》に行《い》くつもりです。
今年寒假我打算去巴黎旅行。

Track 230

春《はる》 春天

春《はる》になって、花《はな》が咲《さ》いた。 到了春天，花朵綻放。

晴《は》れ 晴天

明日《あした》は晴《は》れになるように祈《いの》ってます。 祈禱明天是晴天。

バレーボール 排球

彼《かれ》の趣味《しゅみ》はバレーボールをすることです。 他的興趣是打排球。

半《はん》 半

十《じゅう》時《じ》半《はん》に映画館《えいがかん》で会《あ》う約束《やくそく》する。 約十點半在電影院。

晩《ばん》 晚上

晩《ばん》ご飯《はん》は何《なに》を食《た》べますか。 晚餐要吃什麼呢？

Track 231

パン 麵包

クリームパンが一番《いちばん》好《す》きです。 我最喜歡奶油麵包。

ハンカチ 手帕

ハンカチで涙《なみだ》を拭《ふ》いた。 用手帕擦淚。

番組《ばんぐみ》 節目

バラエティ番組《ばんぐみ》を見《み》る事《こと》が大好《だいす》きです。 我很喜歡看綜藝節目。

番号《ばんごう》 號碼

電話《でんわ》番号《ばんごう》を教《おし》えてください。 請告訴我電話號碼。

晩《ばん》ご飯《はん》 晚飯

晩《ばん》ご飯《はん》は何《なに》を食《た》べましたか。 晚飯吃了什麼呢？

Track 232

反対《はんたい》 相反、反對（—する：反對）

私《わたし》は彼《かれ》の意見《いけん》に反対《はんたい》です。 我反對他的意見。

パンチ 打孔機

駅員《えきいん》が切符《きっぷ》にパンチを入《い》れた。 車站人員將車票放入打孔機。

ハンバーガー 漢堡

昨日《きのう》久《ひさ》しぶりにハンバーガーを食《た》べた。 昨天久違地吃了漢堡。

ハンバーグ 漢堡排

私《わたし》の得意《とくい》料理《りょうり》はハンバーグです。 我的拿手菜是漢堡排。

半分《はんぶん》 一半

十《じゅう》の半分《はんぶん》は五《ご》である。 十的一半是五。

Track 233

日《ひ》 陽光、太陽、日子

日《ひ》が強《つよ》いので、帽子《ぼうし》をかぶってください。
因為太陽很大，請戴上帽子。

火《ひ》 火

火《ひ》のない所《ところ》に煙《けむり》は立《た》たない。 無火不生煙。（無風不起浪。）

ピアノ 鋼琴

ピアノが弾《ひ》ける人を尊敬《そんけい》している。 我很佩服會彈鋼琴的人。

ビール 啤酒

今日《きょう》はビールを飲《の》もう。 今天去喝啤酒吧！

東《ひがし》 東邊

太陽《たいよう》は東《ひがし》から昇《のぼ》る。 太陽從東邊升起。

Track 234

光《ひかり》 光

朝窓《あさまど》から差《さ》し込《こ》む光《ひかり》が眩《まぶ》しい。 早上從窗戶照進來的光很刺眼。

引《ひ》き出《だ》し　抽屜

□□□

引《ひ》き出《だ》しを整理《せいり》してください。　請整理抽屜。

鬚《ひげ》　鬍子、鬍鬚

□□□

あの男《おとこ》の人《ひと》の鬚《ひげ》は濃《こ》いです。　那個男人的鬍鬚很濃。

飛行機《ひこうき》　飛機

□□□

飛行機《ひこうき》で北海道《ほっかいどう》に行《い》く。　搭乘飛機去北海道。

ビザ　簽證

□□□

海外《かいがい》へ行《い》くとき、ビザが必要《ひつよう》です。　去國外必須要有簽證。

Track 235

ピザ　披薩

□□□

ピザを頼《たの》むけど、どれがいい？　我要訂披薩，你覺得訂哪個好？

久《ひさ》しぶり　隔了好久

□□□

久《ひさ》しぶりに母《はは》の手料理《てりょうり》を食《た》べました。
隔了好久才吃到母親親手做的料理。

美術《びじゅつ》　美術

□□□

美術《びじゅつ》の先生《せんせい》がとてもきれいです。　美術老師非常美麗。

美術館《びじゅつかん》 美術館

美術館《びじゅつかん》に絵《え》を見《み》に行《い》く。 我去美術館觀賞畫作。

左《ひだり》 左邊

その角《かど》を左《ひだり》へ曲《ま》がってください。 請在那個轉角向左轉。

Track 236

引《ひ》っ越《こ》し 搬家（—する：搬家）

引《ひ》っ越《こ》しして1《いっ》ヶ月《げつ》が経《た》った。 搬家後已經過了一個月。

ビデオ 錄影帶、錄影機

ビデオを借《か》りに行《い》きます。 我去借錄影機。

人《ひと》 人、人類

こんなにいい人《ひと》はいないと思《おも》う。 我覺得再也沒有這麼好的人了。

一《ひと》つ 一個、一歲

冷蔵庫《れいぞうこ》の中《なか》にりんごが一《ひと》つある。 冰箱裡有一個蘋果。

一月《ひとつき》 一個月

この企画《きかく》の完成《かんせい》には一月《ひとつき》必要《ひつよう》です。 這個企劃需要一個月來完成。

Track 237

一人《ひとり》　一個人

今日《きょう》出席《しゅっせき》する人《ひと》はただ一人《ひとり》です。　今天出席的只有一個人。

ひま　空閒、時間

ひまなら手伝《てつだ》ってください。　如果有空閒的話請來幫忙。

百《ひゃく》　百

この車《くるま》の価値《かち》は二百万《にひゃくまん》です。　這台車價值兩百萬日幣。

表《ひょう》　表、表格

保健室《ほけんしつ》の壁《かべ》に視力表《しりょくひょう》が貼《は》ってある。　保健室的牆壁上貼著視力表。

美容院《びよういん》　美容院

昨日《きのう》お母《かあ》さんと一緒《いっしょ》に美容院《びよういん》に行《い》きました。
昨天和媽媽一起上美容院。

Track 238

病院《びょういん》　醫院

彼《かれ》は事故《じこ》で病院《びょういん》に入《はい》りました。　他因發生事故而去了醫院。

病気《びょうき》　疾病、毛病

彼《かれ》のお父《とう》さんは病気《びょうき》で倒《たお》れた。　他的父親因為疾病倒下了。

平《ひら》仮《が》名《な》　平假名

□□□

明日《あした》には平《ひら》仮《が》名《な》のテストがある。　明天有平假名的考試，

昼《ひる》　白天、中午

□□□

お昼《ひる》に先生《せんせい》の実験室《じっけんしつ》に来《き》てください。　中午請來老師的實驗室。

ビル　大樓

□□□

あの高《たか》いビルはデパートですか。　那棟高樓是百貨公司嗎？

Track 239

昼《ひる》ご飯《はん》　午飯

□□□

昼《ひる》ご飯《はん》は何《なに》を食《た》べますか。　午飯要吃些什麼呢？

昼《ひる》間《ま》　白天

□□□

昼《ひる》間《ま》から晩《ばん》まで仕事《しごと》をしている。　從白天到晚上都在做工作。

昼休《ひるやす》み　午休

□□□

昼休《ひるやす》みに練習《れんしゅう》しよう。　在午休的時候練習吧！

広《ひろ》場《ば》　廣場

□□□

その広《ひろ》場《ば》に集合《しゅうごう》してください。　請在那個廣場集合。

琵琶湖《びわこ》 琵琶湖（日本最大的湖） □□□

初《はじ》めて琵琶湖《びわこ》に行《い》きました。 我第一次去了琵琶湖。

Track 240

ピンポン 乒乓球 □□□

彼女《かのじょ》の趣味《しゅみ》はピンポンをすることです。 她的興趣是打乒乓球。

ファクス 傳真 □□□

資料《しりょう》をファクスしてください。 請傳真資料過來。

フィリピン 菲律賓 □□□

私《わたし》はよくフィリピン人《じん》に間違《まちが》われる。 我經常被誤認成菲律賓人。

フィルム 底片 □□□

このフィルムは二《に》十《じゅう》四枚《よんまい》撮《ど》りです。
這個底片能夠拍二十四張照片。

封筒《ふうとう》 信封 □□□

手紙《てがみ》を封筒《ふうとう》に入《い》れてください。 請將信件放入信封中。

Track 241

プール 游泳池 □□□

夏《なつ》になったら、プールに行《い》きたいです。
到了夏天總是想去游泳池。

フォーク　叉子

□□□

フォークでいちごを食《た》べている。　我使用叉子吃著草莓。

服《ふく》　衣服

□□□

仕事場《しごとば》では正式《せいしき》な服《ふく》を着《き》てください。　在職場請穿正式的衣服。

復習《ふくしゅう》　複習（—する：複習）

□□□

あしたの試験《しけん》のために、復習《ふくしゅう》しています。
為了明天的考試，我正在複習。

袋《ふくろ》　袋子

□□□

その紙《かみ》の袋《ふくろ》を貸《か》してもらえませんか。
可以借一下那個紙袋嗎？

Track 242

豚《ぶた》　豬

□□□

あのＴシャツにはかわいい子豚《こぶた》の絵《え》が描《か》かれている。
那件Ｔ恤上畫著可愛的小豬圖案。

二《ふた》つ　兩個、二歲

□□□

アイスクリームを二《ふた》つください。　請給我兩個冰淇淋。

豚肉《ぶたにく》 豬肉

□□□

豚肉《ぶたにく》のしゃぶしゃぶが大好《だいす》きです。 我很喜歡豬肉的涮涮鍋。

二人《ふたり》 兩個人

□□□

浜辺《はまべ》へ二人《ふたり》で行《い》った。 兩個人一起去了海濱。

部長《ぶちょう》 經理、部長

□□□

私《わたし》の伝言《でんごん》を部長《ぶちょう》に伝《つた》えてください。 請幫我傳話給部長。

Track 243

普通《ふつう》 普通

□□□

彼《かれ》は普通《ふつう》の家庭《かてい》で育《そだ》てられた子《こ》です。 他是出生於普通人家的孩子。

二日《ふつか》 二號、兩天

□□□

八月二日《はちがつふつか》は私《わたし》たちの結婚記念日《けっこんきねんび》です。
八月二號是我們的結婚紀念日。

物価《ぶっか》 物價

□□□

今《いま》の物価《ぶっか》がだんだん上《あ》がっている。 現在的物價漸漸上升。

筆箱《ふでばこ》 鉛筆盒

筆箱《ふでばこ》に何《なに》が入《はい》っていますか。 鉛筆盒裡面有什麼呢？

ぶどう 葡萄

このぶとうは甘《あま》くておいしい。 這葡萄很甜很好吃。

Track 244

布団《ふとん》 棉被、被子

布団《ふとん》を押入《おしい》れにしまってください。 請將棉被收到壁櫥中。

船《ふね》 船

この川《かわ》は船《ふね》の通行《つうこう》が禁止《きんし》です。 這條河川禁止船隻通行。

冬《ふゆ》 冬天

冬《ふゆ》は、早起《はやお》きが本当《ほんとう》につらいです。 冬天時真的很難早起。

ブラウス 女生的襯衫

その赤《あか》いブラウスを着《き》ている少女《しょうじょ》はきれいです。 那位穿著紅色襯衫的少女很漂亮。

ブラジル 巴西

ブラジルでサッカーが大人気《だいにんき》です。 足球在巴西相當受歡迎。

Track 245

フランス 法國

フランス語《ご》がしゃべれますか。 你會說法文嗎？

プレイガイド 門票預售處

プレイガイドで待《ま》っています。 我在門票預售處等著。

プレゼント 禮物

クリスマスに何《なに》かプレゼントをもらいましたか。 你在聖誕節有收到什麼禮物嗎？

風《ふ》呂《ろ》 浴池、浴室

先《さき》に風《ふ》呂《ろ》に入《はい》ってください。 請先使用浴室。

分《ふん》 分、分鐘

七《しち》時《じ》十《じゅう》五《ご》分《ふん》に起《お》こしてください。 請在七點十五分叫我起床。

Track 246

分《ぶん》 份、份量、本分

私《わたし》の分《ぶん》まで食《た》べられてしまった。 連我的份都被吃掉了。

文《ぶん》 句子

この文《ぶん》を英語《えいご》に訳《やく》してください。 請將這個句子翻譯成英文。

文化《ぶんか》 文化

□□□

外国《がいこく》の文化《ぶんか》に興味《きょうみ》があります。 我對外國文化抱著極大的興趣。

文学《ぶんがく》 文學

□□□

彼女《かのじょ》の専門《せんもん》は日本文学《にほんぶんがく》です。 她專攻日本文學。

文章《ぶんしょう》 文章

□□□

その文章《ぶんしょう》を書《か》いた人《ひと》は誰《だれ》ですか。 寫了那篇文章的人是誰？

文法《ぶんぽう》 文法

Track 247

□□□

英語《えいご》の文法《ぶんぽう》はとても苦手《にがて》です。 我很不擅長英文文法。

分野《ぶんや》 領域

□□□

医学《いがく》にはたくさんの分野《ぶんや》がある。 醫學分為許多領域。

ページ 頁、頁數

□□□

教科書《きょうかしょ》の87《はちじゅうなな》ページを開《ひら》いてください。請翻到課本第87頁。

別《べつ》 區別、別個（形容詞：不同的）

□□□

その日《ひ》は用事《ようじ》があるから別《べつ》の日《ひ》にしてもいい？
那天我有事情，可以改天嗎？。

ベッド　床鋪

□□□

そろそろベッドで寝《ね》る時間《じかん》になった。
差不多到該上床睡覺的時間了。

Track 248

ペット　寵物

□□□

ペットが飼《か》いたいです。　我想養寵物。

ベトナム　越南

□□□

ベトナムに行《い》ったことがありません。　我沒去過越南。

部屋《へや》　房間、屋子

□□□

お部屋《へや》に入《はい》ってもいいですか。　可以進你房間嗎？

ベル　門鈴、鐘

□□□

ドアのベルが鳴《な》っています。　門鈴在響。

ベルト　皮帶

□□□

ベルトをつけるのを忘《わす》れました。　我忘了繫皮帶。

Track 249

辺《へん》　邊、附近

□□□

この辺《へん》に何《なに》か面白《おもしろ》い場所《ばしょ》がありますか。
這附近有什麼有趣地點嗎？

ペン　筆

ペンを貸《か》してもらえませんか。　可以借我一支筆嗎？

勉強《べんきょう》　學習、用功

（—する：學習、用功）

早《はや》く勉強《べんきょう》しなさい。　快點去學習。

返事《へんじ》　回答、答覆

（—する：回答、回覆）

私《わたし》の質問《しつもん》に返事《へんじ》してください。　請回覆我的問題。

方《ほう》　方向、方面

左《ひだり》の方《ほう》へ向《む》かってください。　請面向左方。

Track 250

貿易《ぼうえき》　貿易（—する：貿易）

彼《かれ》はその貿易会社《ぼうえきがいしゃ》で働《はたら》いています。　他在那間貿易公司工作。

帽子《ぼうし》　帽子

暑《あつ》いので、帽子《ぼうし》をかぶったほうがいいです。

因為很炎熱，戴著帽子比較好。

放送《ほうそう》 廣播、播放

（—する：廣播、播放）

この番組《ばんぐみ》は今生放送《いまなまほうそう》です。 這個節目正在現場直播。

法律《ほうりつ》 法律

彼《かれ》がやったことは法律《ほうりつ》違反《いはん》の行為《こうい》です。 他做的事情是違法行為。

ボールペン 原子筆

試験《しけん》のとき、ボールペンを使《つか》ってください。
考試時請使用原子筆。

Track 251

他《ほか》 另外、除～之外

他《ほか》に何《なに》かいい方法《ほうほう》がありますか。 有其他更好的方法嗎？

ほかの人《ひと》 旁人、別人

ほかの人《ひと》の気持ち《きもち》も考《かんが》えてください。 請考慮旁人的心情。

僕《ぼく》 （男性對自己的稱呼）我

僕《ぼく》のことを忘《わす》れないでください。 請別忘了我。

牧場《ぼくじょう》 牧場

牧場《ぼくじょう》に五十頭《ごじゅっとう》の牛《うし》がいる。 牧場有五十頭牛。

ポケット 口袋

ポケットに何《なに》が入《はい》っていますか。 口袋中有什麼呢？

Track 252

保険証《ほけんしょう》 健保卡

病院《びょういん》に行《い》ったら、保険証《ほけんしょう》を提出《ていしゅつ》してください。
去病院時請出示健保卡。

星《ほし》 星星、犯人（隱語）

満天《まんてん》の星《ほし》がキラキラしてとても綺麗《きれい》だ。
滿天的星辰閃閃發光非常美麗。

ポスト 郵筒、信箱

手紙《てがみ》をポストに入《い》れてください。 請將信件放入信箱。

ボタン 鈕扣、按鈕

ボタンが外《はず》れていますよ。 鈕扣脫落了喔！

北海道《ほっかいどう》 北海道

北海道《ほっかいどう》に行《い》った事《こと》がありますか。 你有去過北海道嗎？

ホッチキス　釘書機

ホッチキスを買《か》ってくれませんか。　可以幫我買釘書機嗎？

ホテル　旅館

出張《しゅっちょう》したとき、ホテルに泊《と》まりました。　出差時我住在旅館。

本《ほん》　書

一月《ひとつき》に本《ほん》を十冊《じゅっさつ》も読《よ》んだ。　我一個月讀了十本書。

香港《ほんこん》　香港

明日《あす》ホンコンへ出張《しゅっちょう》に行《い》きます。　明天要去香港出差。

本棚《ほんだな》　書架

黒《くろ》い本棚《ほんだな》が少《すく》ないです。　黑色的書架很少。

本《ほん》屋《や》　書店

午後《ごご》本屋《ほんや》に行《い》くつもりです。　我預計下午去書店。

翻訳《ほんやく》　翻譯（—する：翻譯）

この文章《ぶんしょう》を翻訳《ほんやく》してください。　請翻譯這篇文章。

動詞

入《はい》る　進入

Track 254

□□□

どうぞ部屋《へや》に入《はい》ってください。 請進房間。

履《は》く　穿（褲子、鞋子）

□□□

靴《くつ》を履《は》いたまま入《はい》っていいよ。 可以直接穿鞋子進入。

運《はこ》ぶ　搬運、運送、進行、進展

□□□

その車《くるま》は自動販売機《じどうはんばいき》を運《はこ》んでいる。 那台車正運送著自動販賣機。

始《はじ》める　開始

□□□

健康《けんこう》のために、ジョギングを始《はじ》めた。

為了健康著想，我開始慢跑了。

走《はし》る　跑

□□□

廊下《ろうか》を走《はし》るな！ 走廊禁止奔跑！

外《はず》す　離開、取下、摘下

Track 255

□□□

入《はい》る前《まえ》に、帽子《ぼうし》を外《はず》してください。 進入之前請摘下帽子。

働《はたら》く　工作

□□□

父《ちち》がその会社《かいしゃ》で働《はたら》いている。　父親在那間公司工作。

話《はな》す　說話、說

□□□

言《い》いたいことを大声《おおごえ》で話《はな》してください。　請大聲講出想說的話。

払《はら》う　付錢、付款

□□□

現金《げんきん》で払《はら》ってください。　請用現金付款。

貼《は》る　張貼

□□□

壁《かべ》にポスターを貼《は》りました。　在牆壁上張貼海報。

Track 256

晴《は》れる　放晴

□□□

週末《しゅうまつ》は晴《は》れますように！　希望週末會放晴！

冷《ひ》える　冷、冷卻、冷淡

□□□

春《はる》とはいえ、夜《よる》はまだちょっと冷《ひ》えます。

雖說已是春天，但晚上仍舊會有點冷。

光《ひか》る 發光、發亮、出眾

月《つき》は太陽《たいよう》の光《ひかり》を反射《はんしゃ》して光《ひか》っている。月亮是反射太陽光來發光。

引《ひ》き出《だ》す 提款

銀行《ぎんこう》から十万円《じゅうまんえん》を引《ひ》き出《だ》した。從銀行提款十萬元日幣。

引《ひ》く 拉、減掉

そちらの綱《つな》を引《ひ》いてください。請拉那裡的繩索。

弾《ひ》く 彈、彈奏

彼女《かのじょ》はピアノが弾《ひ》ける。她會彈奏鋼琴。

Track 257

引《ひ》っ越《こ》す 搬家

来月《らいげつ》東京《とうきょう》の新居《しんきょ》に引《ひ》っ越《こ》すつもりです。

我預計在下個月搬到東京的新家。

冷《ひ》やす 冷卻、冷靜

コーラを冷蔵《れいぞう》庫《こ》で冷《ひ》やしておいてください。

請把可樂放到冰箱中冷卻。

開《ひら》く　打開

□□□

春《はる》が来《き》て、花《はな》が開《ひら》いた。　春天來了，花朵綻放。

拾《ひろ》う　撿到、拾獲

□□□

昨日《きのう》拾《ひろ》ったお金《かね》はどうやって処理《しょり》しましたか。

你怎麼處理昨天撿到的錢？

増《ふ》える　增加

□□□

最近電車《さいきんでんしゃ》の中《なか》で物《もの》を食《た》べる人《ひと》が増《ふ》えました。

最近在電車上吃東西的人變多了。

吹《ふ》く　吹

□□□

台風《たいふう》のため、風《かぜ》が激《はげ》しく吹《ふ》いている。

因為有颱風，風吹得很猛烈。

Track 258

太《ふと》る　發胖

□□□

彼女《かのじょ》はたくさん食《た》べても太《ふと》らない。　她就算吃很多也不會發胖。

打《ぶ》つ　打（人）

□□□

顔《かお》を打《ぶ》たれて頬《ほお》が腫《は》れてしまった。　臉被人揍了，臉頰腫了起來。

踏《ふ》む　踏、踩到

□□□

私《わたし》の足《あし》を踏《ふ》まないでください。 請不要踩到我的腳。

降《ふ》る　下（雨、雪）

□□□

天気予報《てんきよほう》によると明日《あした》は雪《ゆき》が降《ふ》るそうだ。 據氣象預報說，明天好像會下雪。

ほしがる　想要

□□□

みんな多《おお》くのお金《かね》をほしがっている。 大家都想要很多的金錢。

褒《ほ》める　誇獎

□□□

先生《せんせい》に褒《ほ》められた。 被老師誇獎了。

【形容詞】

Track 259

恥《は》ずかしい　害羞的

昔《むかし》の写真《しゃしん》を見《み》ると、恥《は》ずかしいと思《おも》う。

看到以前的照片，我覺得很害羞。

早《はや》い　快的、早的

二十歳《はたち》で結婚《けっこん》するのはまだ早《はや》いと思《おも》う。

我認為二十歲就結婚還太早。

速《はや》い　快的、早的

あの生徒《せいと》は足《あし》が速《はや》い。　那個學生跑步很快。

ハンサム　英俊的

彼《かれ》は世界《せかい》で一番《いちばん》ハンサムな男《おとこ》だと思《おも》う。

我覺得他是世界上最帥的男人。

低《ひく》い　低的、矮的

背《せ》の低《ひく》い男《おとこ》は好《す》きじゃないです。　我不喜歡矮的男生。

Track 260

必要《ひつよう》 必要的（名詞：需要、必要） □□□

傘《かさ》は山《やま》に登《のぼ》るときに必要《ひつよう》な道具《どうぐ》です。 傘是登山時必備的道具。

ひどい 嚴重的、過分的 □□□

ひどい仕打《しう》ちをされました。 他們對我態度嚴重不佳。

暇《ひま》 空閒（的）（名詞：空閒時間） □□□

公私《こうし》ともに多忙《たぼう》すぎるから、暇《ひま》な時間《じかん》がほしい。
因為公私事都過於繁忙，我很想要空閒的時間。

広《ひろ》い 寬廣的、廣闊的 □□□

彼《かれ》の家《いえ》には広《ひろ》い庭《にわ》がある。 他的家裡有廣闊的庭院。

深《ふか》い 深的 □□□

深《ふか》いところで泳《およ》がないでください。 不要在水深的地方游泳

Track 261

複雑《ふくざつ》 複雑的 □□□

このニュースを聞《き》くと、複雑《ふくざつ》な気《き》持《も》ちになった。
聽到這個新聞，我的心情變得很複雜。

太《ふと》い　粗的

父《ちち》の眉《まゆ》はとても太《ふと》いです。　爸爸的眉毛很粗。

不便《ふべん》　不便的（名詞：不便）

この町《まち》は空気《くうき》がきれいだが、交通《こうつう》は不便《ふべん》である。
這個城鎮的空氣很乾淨，但交通不便。

古《ふる》い　舊的

それは三十年前《さんじゅうねんまえ》に建《た》てられた、すごく古《ふる》い建物《たてもの》だ。
那是三十年前就建造的、非常舊的建築物。

下手《へた》　笨拙的

彼女《かのじょ》は口《くち》の下手《へた》な人《ひと》です。　她是個笨口拙舌的人。

Track 262

変《へん》　奇怪的、奇異的（名詞：動亂）

その変《へん》なおじさんは何《なに》をしていますか。
那位奇怪的大叔在做什麼？

便利《べんり》　方便的（名詞：便利）

便利《べんり》な発明《はつめい》だけど、環境《かんきょう》に悪《わる》いと思《おも》う。
我認為這是相當方便的發明，但對環境不友善。

欲《ほ》しい 想要（某事物）

□□□

誕生《たんじょう》日《び》に何《なに》が欲《ほ》しいですか。 你生日想要什麼？

細《ほそ》い 細的、瘦的

□□□

あの縄《なわ》は細《ほそ》くてすぐ切《き》れそうだ。

那條繩子很細，好像很快就會斷掉。

【副詞】

初《はじ》めて 第一次、初次

Track 263

□□□

彼女《かのじょ》に初《はじ》めて会《あ》ったのは十《じゅう》年前《ねんまえ》です。

我第一次與她相遇是在十年前。

隨堂小測驗

請根據題意，選出正確的選項。

(　　) 1. その「変《へん》」なおじさんは何《なに》をしていますか。

(A) 變態的　　(B) 特殊的

(C) 奇怪的　　(D) 多變的

(　　) 2. みんな多《おお》くのお金《かね》を「ほしがって」いる。

(A) 想要　　(B) 厭惡

(C) 喜愛　　(D) 搶奪

(　　) 3. 銀行《ぎんこう》から十万円《じゅうまんえん》を「引《ひ》き出《だ》した」。

(A) 存款　　(B) 搬家　　(C) 提款　　(D) 匯款

(　　) 4. 「ボタン」が外《はず》れていますよ。

(A) 鍵盤　　(B) 鑰匙　　(C) 底部　　(D) 鈕扣

(　　) 5. 「昼《ひる》」から晩《ばん》まで仕事《しごと》をしている。

(A) 中午　　(B) 白天　　(C) 深夜　　(D) 晚上

(　　) 6. 「引《ひ》き出《だ》し」を整理《せいり》してください。

(A) 抽屜　　(B) 書架

(C) 衣帽間　　(D) 日式櫥櫃

(　　) 7. 他《ほか》の方法《ほうほう》がある「はず」です。

(A) 不可能　　(B) 也許　　(C) 應該　　(D) 機率

解答：1. (C)　2. (A)　3. (C)　4. (D)
5. (A)　6. (A)　7. (C)

JLPT N4

ま マ 行

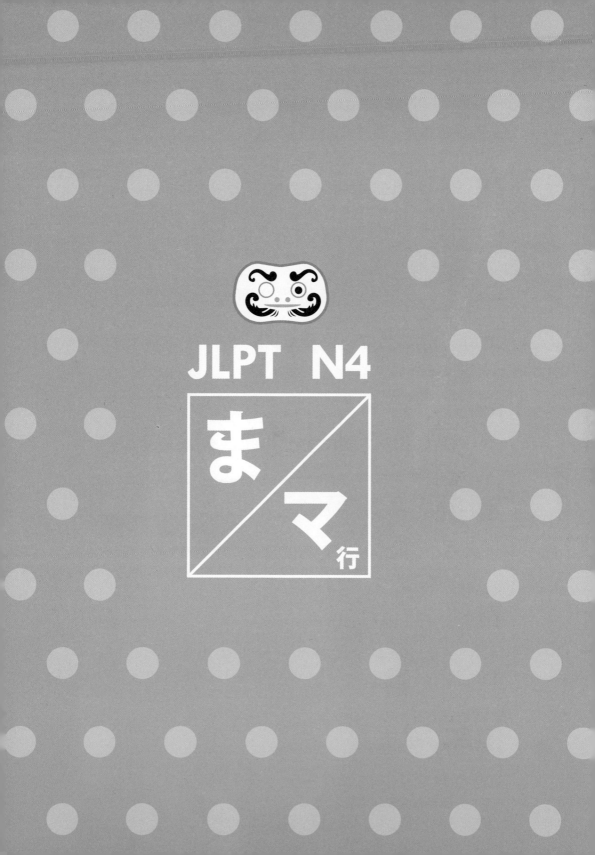

一般名詞

Track 264

間《ま》

（空間、時間）間隔、房間、時機

仕事《しごと》の間《ま》を見《み》て試験勉強《しけんべんきょう》をする。 利用工作空檔準備考試。

～枚《まい》

（用於計算紙張、郵票等）張

彼《かれ》が書《か》いた報告《ほうこく》は何枚《なんまい》ですか。 他寫的爆共共有幾張紙？

毎朝《まいあさ》

每天早上

毎朝《まいあさ》何時《なんじ》に起《お》きていますか。 你每天早上都幾點起床？

毎週《まいしゅう》

每週

毎週《まいしゅう》その店《みせ》に行《い》く習慣《しゅうかん》がある。 我習慣每週都去那間店。

毎月《まいつき》

每個月

毎月《まいつき》給料《きゅうりょう》は十万円《じゅうまんえん》ぐらいもらえる。

每個月的薪水大給十萬日幣。

Track 265

毎年《まいとし》

每年

毎年《まいとし》クリスマスにはパーティを行《おこな》います。

每年的聖誕節都會舉行派對。

毎日《まいにち》　每天

□□□

彼《かれ》は毎日《まいにち》歩《ある》いて学校《がっこう》に通《かよ》っている。　他每天都走路去學校。

毎年《まいねん》　每年

□□□

毎年《まいねん》このときには花《はな》火《び》大会《たいかい》が開催《かいさい》される。
每年的這個時間都會舉行煙火大會。

毎晩《まいばん》　每個晚上

□□□

あの赤《あか》ちゃんは毎晩《まいばん》泣《な》いている。　那個嬰兒每個晚上都在哭泣。

前《まえ》　前面、以前

□□□

その前《まえ》に、もっと重要《じゅうよう》な事《こと》があるでしょう。　在這之前，還有更重要的事吧？

町《まち》　城鎮、街道

Track 266

□□□

この町《まち》の名産《めいさん》は何《なん》ですか。　這個城鎮的名產是什麼？

マッチ　火柴、配合、相襯

□□□

こすっても、マッチはつかない。　即使摩擦火柴也點不起來。

祭《まつ》り　祭典

お祭《まつ》りの時《とき》は屋台《やたい》がいっぱい出《で》る。　祭典的時候會有很多攤販。

窓《まど》　窗戶

寒《さむ》いので、窓《まど》を閉《し》めてください。　天氣很冷，請關上窗戶。

ママ　媽媽

ママはいつ帰《かえ》ってくるの？　媽媽什麼時候才會回來？

Track 267

周《まわ》り　周圍

彼《かれ》の周《まわ》りにいつも多《おお》くの人《ひと》が集《あつ》まっている。

他的周圍總是聚集著許多人。

万《まん》　萬

そのコンサートのお客《きゃく》さんは五万人《ごまんにん》もいた。

這場演唱會的觀眾有五萬人。

漫画《まんが》　漫畫

その漫画《まんが》はいつ出版《しゅっぱん》しましたか。　那本漫畫是何時出版的？

真《ま》ん中《なか》 正中央

□□□

みんながこの広場《ひろば》の真《ま》ん中《なか》に集合《しゅうごう》しました。
大家在這個廣場的正中央集合了。

万年筆《まんねんひつ》 鋼筆

□□□

この万年筆《まんねんひつ》にはインクが入《はい》っていますか。 這支鋼筆有放墨水嗎？

Track 268

みかん 橘子

□□□

果物《くだもの》の中《なか》で、みかんが一番《いちばん》好《す》きです。 所有水果中我最喜歡橘子。

右《みぎ》 右邊

□□□

その角《かど》を右《みぎ》へ曲《ま》がってください。 請在那個轉角右轉。

水《みず》 水

□□□

運動《うんどう》の後《あと》、いつも水《みず》がほしい。 運動之後都會想喝水。

水色《みずいろ》 水藍色、淡藍色

□□□

娘《むすめ》は水色《みずいろ》が大好《だいす》きです。 女兒很喜歡水藍色。

湖《みずうみ》 湖

琵《び》琶《わ》湖《こ》は日本最大《にほんさいだい》の湖《みずうみ》です。 琵琶湖是日本最大的湖。

Track 269

水《みず》着《ぎ》 泳衣

一緒《いっしょ》に水《みず》着《ぎ》を買《か》いに行《い》きましょう。 一起去買泳衣吧！

店《みせ》 店、商店

その店《みせ》は何《なん》の専門店《せんもんてん》ですか。 那間店是什麼商品的專賣店？

見《み》世《せ》物《もの》 驚奇小屋、出洋相

動物園《どうぶつえん》の動物《どうぶつ》たちは見《み》世《せ》物《もの》にされてかわいそう。

動物園裡的動物們被當成供人觀賞娛樂的展示品，真是可憐。

味《み》噌《そ》 味噌

この店《みせ》はいい味《み》噌《そ》を使《つか》っている。 這間店用的味噌很不錯。

味《み》噌《そ》汁《しる》 味噌湯

うちの味《み》噌《そ》汁《しる》の具《ぐ》には油《あぶら》揚《あ》げをよく使《つか》っています。

這間店用的味噌很不錯。

道《みち》 道路

Track 270

知《し》らない町《まち》で道《みち》に迷《まよ》った。 我在不熟悉的城鎮迷路了。

三日《みっか》 三號、三天

今度《こんど》の試験《しけん》は三日《みっか》間《かん》続《つづ》いた。 這次的考試持續三天。

三《みっ》**つ** 三個、三歲

冷蔵庫《れいぞうこ》の中《なか》に、西瓜《すいか》が三《みっ》つある。 冰箱中有三個西瓜。

緑《みどり》 綠色、綠意

その緑《みどり》の服《ふく》を着《き》ている女性《じょせい》は誰《だれ》ですか。
那位穿著綠色衣服的女性是誰？

皆《みな》**さん** 大家、各位（客氣用語）

皆《みな》さん、静《しず》かにしてください。 請各位保持安靜。

港《みなと》 港口

Track 271

その船《ふね》が港《みなと》に着《つ》いた。 那艘船抵達港口了。

南《みなみ》 南邊 □□□

南《みなみ》のほうへ向《む》かってください。 請面向南邊。

見《み》**舞**《ま》**い** 探望、慰問 □□□

花《はな》を持《も》ってお見《み》舞《ま》いに行《い》きました。 我拿著花去慰問了。

耳《みみ》 耳朵 □□□

この話《はなし》は初耳《はつみみ》です。 這件事是第一次聽到。

都《みやこ》 中心都市 □□□

その町《まち》は花《はな》の都《みやこ》と呼《よ》ばれている。 那個城鎮被稱為花都。

Track 272

ミルク 牛奶 □□□

いちごミルクはこのブランドじゃないと飲《の》まない。
草莓牛奶我只喝這個牌子的。

皆《みんな》 大家、各位 □□□

皆《みんな》、諦《あきら》めないで、もっと頑《がん》張《ば》りましょう。
請大家不要放棄，繼續一起加油吧！

六日《むいか》 六號、六天

□□□

今月《こんげつ》の六日《むいか》は私《わたし》の誕生日《たんじょうび》です。 這個月的六號是我的生日。

昔《むかし》 過去、從前

□□□

昔《むかし》、昔《むかし》、あるところにおじいちゃんとおばあちゃんがいました。 從前從前，某個地方有對老爺爺和老奶奶。

昔話《むかしばなし》 往事、舊事

□□□

お爺《じい》さんはずっと昔話《むかしばなし》を話《はなし》している。 爺爺總是在講往事。

Track 273

向《む》こう 對面

□□□

私《わたし》は駅《えき》の向《む》こうあるマンションに住《す》んでいる。
我住在車站對面的公寓。

虫《むし》 蟲

□□□

虫《むし》が大嫌《だいきら》いだ。 我最討厭蟲子了。

虫眼鏡《むしめがね》 放大鏡

□□□

虫眼鏡《むしめがね》で蟻《あり》を観察《かんさつ》した。 我用放大鏡觀察了螞蟻。

息子《むすこ》 兒子

私《わたし》の息子《むすこ》は大学生《だいがくせい》です。 我的兒子是一名大學生。

娘《むすめ》 女兒

彼《かれ》の娘《むすめ》は看護師《かんごし》です。 他的女兒是一名護理師。

Track 274

六《むっ》つ 六個、六歲

消《け》しゴムを六《むっ》つ買《か》ってくれませんか。
可以幫我買六個橡皮擦嗎？

村《むら》 村落、村莊

代表選手《だいひょうせんしゅ》は選手村《せんしゅむら》に住《す》みました。 代表選手們住在選手村裡。

目《め》 眼睛

煙《けむり》のせいで目《め》が痛《いた》くなる。 都是因為煙，讓我的眼睛很疼痛。

メートル 公尺

百《ひゃく》メートル競走《きょうそう》の試合《しあい》に出《で》ました。 我參加了百米賽跑。

眼鏡《めがね》 眼鏡

その眼鏡《めがね》をかけている男性《だんせい》は誰《だれ》ですか。

那位帶著眼鏡的男性是誰呢？

Track 275

メキシコ 墨西哥

メキシコに行《い》ったことがありますか。 你有去過墨西哥嗎？

木曜日《もくようび》 星期四

木曜日《もくようび》に何《なに》か予定《よてい》がありますか。 星期四你有任何安排嗎？

物《もの》 東西、物品

そのかばんは私《わたし》の物《もの》である。 那個包包次我的東西。

紅葉《もみじ》 紅葉（秋季的各種變色葉）

今週《こんしゅう》の週末《しゅうまつ》に紅葉《もみじ》を見《み》に行《い》こうよ。 本週末一起去賞紅葉吧！

木綿《もめん》 棉花

木綿《もめん》は英語《えいご》で何《なん》と言《い》いますか。 棉花的英文要怎麼說？

Track 276

モーメント 瞬間、時機

そのモーメントに彼《かれ》を思《おも》い出《だ》した。 那個瞬間他記起來了。

森《もり》 森林

女《おんな》の子《こ》は森《もり》でくまさんと出《で》会《あ》いました。
小女孩在森林裡遇見了熊先生。

門《もん》 門口、門

この学校《がっこう》の正門《せいもん》はどこですか。 這個學校的正門在哪裡？

問題《もんだい》 問題、事件

彼《かれ》の成功《せいこう》は時間《じかん》の問題《もんだい》だ。 他成功只是時間上的問題。

動詞

参《まい》る 來、去（ る、行く的謙讓語）、認輸、受不了

Track 277

□□□

君《きみ》には参《まい》った。 我真服了你。

曲《ま》がる 轉向

□□□

その角《かど》を右《みぎ》へ曲《ま》がってください。 請在那個轉角右轉。

負《ま》ける 輸、敗

□□□

試合《しあい》に負《ま》けないように、練習《れんしゅう》しましょう。
為了別輸掉比賽，來練習吧！

間違《まちが》える 弄錯、搞錯

□□□

計算《けいさん》が間違《まちが》えているよ。 你計算錯誤了喔！

待《ま》つ 等待

□□□

すみませんが、もうちょっと待《ま》ってくれませんか。
不好意思，可以再稍等一下嗎？

Track 278

間《ま》に合《あ》う　趕上

今《いま》ならまだ間《ま》に合《あ》う。　現在的話還來得及。

回《まわ》す　轉動、旋轉、巡迴、繞道

ハンドルを回《まわ》してください。　請轉動方向盤。

回《まわ》る　旋轉、繞圈、繞路、依序移動、輪流、起作用、周到、（時間）過去、生利

地《ち》球《きゅう》は一秒《いちびょう》も休《やす》まずずっと回《まわ》っている。　地球每秒都在轉動。

見《み》える　看得見、看起來像……

黒板《こくばん》の字《じ》がよく見《み》えない。　看不太清楚黑板上的字。

磨《みが》く　刷、磨

毎日《まいにち》歯《は》を三回磨《さんかいみが》くべきだ。　每天必須刷三次牙。

Track 279

見《み》せる　給……看、顯示

ＩＤカードを見《み》せてください。　請給我看 ID 卡。

見付け《みつけ》る　找到

お兄《にい》さんは仕事《しごと》を見付け《みつけ》ましたか。　哥哥找到工作了嗎？

見《み》る　看

あしたは彼氏《かれし》と映画《えいが》を見《み》る予定《よてい》だ。　明天預定要跟男友去看電影。

向《む》かう　對著、朝著

今《いま》からそっちに向《む》かう。　我現在過去你那裡。

迎《むか》える　迎接

そのウエイターはいつも笑顔《えがお》でお客《きゃく》さんを迎《むか》えている。
那位服務生總是以笑臉迎客。

Track 280

剥《む》く　剝去、剝掉

母《はは》がみかんの皮《かわ》を剥《む》いている。　媽媽把橘子的皮剝掉。

召《め》し上《あ》がる　（食べる的敬語）吃

先生《せんせい》は今《いま》、晩《ばん》ご飯《はん》を召《め》し上《あ》がっています。　老師正在用晚餐。

申《もう》し上《あ》げる （謙遜語）說 □□□

お礼《れい》を申《もう》し上《あ》げます。 向您道謝。

申《もう》す （謙遜語）說、叫 □□□

私《わたし》は田中《たなか》と申《もう》します。 我叫田中。

持《も》つ 拿、持有 □□□

そんな多《おお》くのお金《かね》を持《も》つのは危《あぶ》ないです。
持有那麼多金錢很危險。

戻《もど》る 返回 □□□

忘《わす》れ物《もの》をして、一旦家《いったんいえ》に戻《もど》った。 忘了帶東西所以折回家一趟。

もらう 接受、得到 □□□

このプレゼントは雅美《まさみ》ちゃんからもらった。
這個禮物是從雅美那裡得到的。

【形容詞】

真面目《まじめ》　認真的

Track 281

森田君《もりたくん》は本当《ほんとう》に真面目《まじめ》な子《こ》です。　森田是很認真的孩子。

まずい　難吃的

お姉《ねえ》さんが作《つく》った料理《りょうり》はすごくまずいです。
姊姊做的料理非常難吃。

まっすぐ　筆直的、直接的

まっすぐ行《い》って、コンビニを右《みぎ》へ曲《ま》がってください。
請直走，並在便利商店右轉。

丸《まる》い　圓的

その丸《まる》いボールは誰《だれ》のものですか。　那個圓球是誰的東西？

短《みじか》い　短的

短《みじか》い距離《きょり》だけど、時間《じかん》がないから行《い》けない。
雖然距離很短，但因為沒時間了便不到場。

Track 282

難《むずか》しい 困難的 □□□

今度《こんど》の試験《しけん》は本当《ほんとう》に難《むずか》しいです。 這次的考試真的很困難。

無駄《むだ》 沒用的（名詞：徒勞） □□□

無駄《むだ》な努力《どりょく》は全《まった》くしたくない。 我不想做沒用的努力。

無理《むり》 不可能、不講理、強迫的（名詞：無理） □□□

無理《むり》な要求《ようきゅう》を言《い》わないでください。 請不要說些不講理的要求。

珍《めずら》しい 稀奇的、少見的 □□□

彼《かれ》の苗字《みょうじ》はとても珍《めずら》しい。 他的姓氏非常少見。

隨堂小測驗

請根據題意，選出正確的選項。

(　　) 1. 私《わたし》は駅《えき》の「向《む》こう」にあるマンションに住《す》んでいる。

(A) 周圍　　(B) 對面

(C) 鄰近　　(D) 旁邊

(　　) 2. 計算《けいさん》が「間違《まちが》えて」いるよ。

(A) 正確　　(B) 遺漏

(C) 順利進行　　(D) 弄錯

(　　) 3. 花《はな》を持《も》ってお「見舞《みま》い」に行《い》きました。

(A) 慰問　　(B) 舞蹈

(C) 表演　　(D) 慶祝

(　　) 4. 百《ひゃく》「メートル」競走《きょうそう》の試合《しあい》に出《で》ました。

(A) 公里　　(B) 公尺

(C) 英尺　　(D) 英吋

(　　) 5. 「無理《むり》」な要求《ようきゅう》を言《い》わないでください。

(A) 不講理的　　(B) 沒用的

(C) 誇張的　　(D) 異想天開的

解答：1. (B)　2. (D)　3. (A)

4. (B)　5. (A)

JLPT N4

や ヤ 行

【一般名詞】

Track 283

～屋《や》　～店　□□□

彼女《かのじょ》はいつも週《しゅう》三回《さんかい》本《ほん》屋《や》に行《い》く。 她總是一週去三次書店。

八百屋《やおや》　蔬果店　□□□

私《わたし》の実家《じっか》は八百屋《やおや》である。 我的老家是開蔬果店的。

野《や》球《きゅう》　棒球　□□□

彼氏《かれし》の趣味《しゅみ》は野《や》球《きゅう》をすることです。 男友的興趣是打棒球。

訳《やく》　翻譯　□□□

この文《ぶん》の訳《やく》は少《すこ》し変《へん》だ。 這個句子的翻譯有點奇怪。

約束《やくそく》　約定、承諾（―する：約定）　□□□

約束《やくそく》を守《まも》らない人《ひと》は信《しん》じられない。 不遵守約定的人不值得信任。

Track 284

役得《やくとく》　額外的好處　□□□

たくさんの芸能人《げいのうじん》に会《あ》えることはメイクアップアーティストの役得《やくとく》です。 當化妝師的好處就是能夠見到很多藝人。

野菜《やさい》 蔬菜

□□□

野菜《やさい》は体《からだ》にいいです。 蔬菜對身體很好。

安売《やすう》り 賤賣、大減價

□□□

あの店《みせ》はあした安売《やすう》りがある。 那間店明天有大減價。

休《やす》み 休息、休假

□□□

夏休《なつやす》みに台湾《たいわん》へ旅行《りょこう》に行《い》くつもりです。 暑假預計要去台灣旅行。

家賃《やちん》 房租

□□□

一《いっ》ヶ月《げつ》の家賃《やちん》はいくらですか。 一個月的房租是多少呢？

Track 285

八《やっ》つ 八個、八歲

□□□

八百屋《やおや》さんでみかんを八《やっ》つ買《か》った。 我在蔬果店買了八個橘子。

山《やま》 山

□□□

山《やま》の頂《いただき》で見《み》た景色《けしき》は忘《わす》れられない。

真忘不了在山頂看見的景色。

山道《やまみち》 山路

□□□

山道《やまみち》を辿《たど》って、やっと目的地《もくてきち》に着《つ》いた。

探尋著山路，終於到達目的地了。

湯《ゆ》 熱水

お湯《ゆ》を入《い》れて三分《さんぷん》待《ま》てば食《た》べられる。
倒入熱水等三分鐘就能吃了。

夕方《ゆうがた》 傍晚

あしたの夕方《ゆうがた》また電話《でんわ》します。 明天的傍晚會再打電話。

Track 286

夕飯《ゆうはん》 晚飯

夕飯《ゆうはん》はもう食《た》べましたか。 你吃過晚飯了嗎？

郵便局《ゆうびんきょく》 郵局

帰宅《きたく》の途中《とちゅう》に、郵便局《ゆうびんきょく》に寄《よ》ってきた。
回家途中我順路去了郵局。

昨夜《ゆうべ》 昨晚

昨夜《ゆうべ》何《なに》かあったんですか。 昨晚有什麼事嗎？

夕《ゆう》べ 傍晚、晚會

明日《あした》クラシック音楽《おんがく》の夕《ゆう》べが開催《かいさい》される。
明天要舉行古典音樂的晚會。

ユーモア　幽默

□□□

ユーモアのある人《ひと》が好《す》きです。　我喜歡幽默的人。

雪《ゆき》　雪、雪白

Track 287

□□□

雪《ゆき》が降《ふ》って、寒《さむ》くなった。　下雪後變冷了。

輸《ゆ》出《しゅつ》　外銷、出口

□□□

わが国《くに》は他《ほか》の国《くに》へ自転車《じてんしゃ》を輸《ゆ》出《しゅつ》している。
我國正向外國出口腳踏車。

輸《ゆ》入《にゅう》　進口（—する：輸入）

□□□

日本《にほん》からたくさんの電気用品《でんきようひん》を輸《ゆ》入《にゅう》している。
目前從日本進口了許多電器。

指《ゆび》　手指

□□□

料《りょう》理《り》をしている時《とき》に包丁《ほうちょう》で指《ゆび》を切《き》ってしまった。
煮飯時被菜刀切傷了手指。

指輪《ゆびわ》　戒指

□□□

料《りょう》理《り》をする時《とき》は結婚指輪《けっこんゆびわ》を外《はず》している。
做飯的時候會把結婚戒指摘掉。

Track 288

夢《ゆめ》 夢、夢想

昨日《きのう》見《み》た夢《ゆめ》を忘《わす》れました。 我忘記昨天做的夢了。

用《よう》 事情、用處、大小便、開支

私《わたし》に何《なん》のご用《よう》ですか。 找我有什麼事嗎？

様《よう》 様子、様式、彷彿

父《ちち》の様《よう》な立派《りっぱ》な弁護士《べんごし》になりたい。
我想成為像父親那樣優秀的律師。

用意《ようい》 準備（—する：準備）

お客《きゃく》さんを迎《むか》える用意《ようい》ができましたか。
準備好接待客人了嗎？

八日《ようか》 八號、八天

台湾《たいわん》では八月八日《はちがつようか》は父《ちち》の日《ひ》である。 八月八號在台灣是父親節。

Track 289

用事《ようじ》 （必須辦的）事情、工作

今日《きょう》は用事《ようじ》があって、そこに行《い》けないんだ。
今天有必須要辦的事情，不能去那兒了。

用水《ようすい》 用水

工業《こうぎょう》用水《ようすい》はいくらあっても足《た》りない。
不管多少工業用水都還是不夠。

洋服《ようふく》 西服

その洋服《ようふく》はどこで買《か》ったんですか。 那件西服是在哪裡買的？

予言《よげん》 預言、預告

（—する：預言、預告）

あの先生《せんせい》は再来年《さらいねん》大地震《だいじしん》が起《お》きると予言《よげん》した。
那位老師預言後年會發生大地震。

横《よこ》 横、旁邊

横《よこ》の線《せん》を描《か》いてください。 請畫橫線。

Track 290

予習《よしゅう》 預習（—する：預習）

復習《ふくしゅう》だけではなく予習《よしゅう》も大事《だいじ》です。 不光是複習，預習也很重要。

四日《よっか》 四號、四天

彼《かれ》らとの交流《こうりゅう》はたった四日間《よっかかん》しか続《つづ》かなかった。
與他們只交流了四天。

四《よっ》つ　四個、四歲　□□□

彼女《かのじょ》がついたうそは四《よっ》つもあって、信《しん》じられない。
她竟然說了四個謊，不敢置信。

予《よ》定《てい》　預定、安排（—する：預定）　□□□

この週末《しゅうまつ》に何《なに》か予《よ》定《てい》がありますか。　這個週末有什麼安排嗎？

読《よ》み方《かた》　唸法、讀法　□□□

この文《も》字《じ》の読《よ》み方《かた》を教《おし》えてください。　請告訴我這個字的唸法。

Track 291

予《よ》約《やく》　預約（—する：預約）　□□□

ホテルはもう予《よ》約《やく》しました。　已經預約飯店了

夜《よる》　夜、夜晚　□□□

フクロウは夜《よる》だけ出《で》てくる動物《どうぶつ》です。
貓頭鷹是只有晚上會出來活動的動物。

四《よん》　四　□□□

私《わたし》の部《へ》屋《や》は四階《よんかい》にあります。　我的房間在四樓。

動詞

Track 292

焼《や》く　燃燒

□□□

彼女《かのじょ》は昔《むかし》の写真《しゃしん》を焼《や》いた。　她燒了以前的照片。

役《やく》に立《た》つ　派上用場

□□□

役《やく》に立《た》つ道具《どうぐ》がほしいです。　我想要能派上用場的道具。

焼《や》ける　著火、烤熟、曬黑、褪色、變紅、（胸口）灼熱

□□□

焼《や》けた芋《いも》をみんなに配《くば》る。　將烤好的地瓜發給大家。

休《やす》む　休息

□□□

過労《かろう》にならないように、休《やす》みましょう。　請好好休息，不要造成過勞。

辞《や》める　辭去

□□□

明日《あした》会社《かいしゃ》を辞《や》めるつもりです。　我打算明天向公司提出辭職。

Track 293

やる　做、給、玩

□□□

こういう状況《じょうきょう》になっても、やるしかないでしょ。
現在這個狀況只能做下去了吧？

揺《ゆ》れる 搖晃、搖擺

□□□

地震《じしん》の時《とき》、地面《じめん》が激《はげ》しく揺《ゆ》れた。 地震時地面晃得很嚴重。

汚《よご》れる 弄髒、玷汙

□□□

汚《よご》れたシーツを洗濯機《せんたくき》に放《ほう》り込《こ》んだ。 將弄髒的床單扔進了洗衣機裡。

呼《よ》ぶ 喊、叫

□□□

彼《かれ》はお父《とう》さんと呼《よ》んでいる。 他在叫父親。

読《よ》む 看、讀

□□□

その作者《さくしゃ》の本《ほん》を読《よ》むことがすきです。 我喜歡看那位作者的書。

寄《よ》る 靠近、想到、順路、聚集

□□□

仕事帰《しごとがえ》りにスーパーに寄《よ》って帰《かえ》る。 下班回家時順道去個超市再回去。

喜《よろこ》ぶ 歡喜、樂意

□□□

彼女《かのじょ》が聞《き》いたらきっと喜《よろこ》ぶわ。 她若是聽見一定會很開心的。

形容詞

Track 294

易《やさ》しい 簡單的

彼《かれ》にとって、人《ひと》を真似《まね》するのは易《やさ》しいです。

對他來說模仿人很容易。

優《やさ》しい 溫柔、溫和

この毛布《もうふ》は手触《てざわ》りが優《やさ》しい。 這條毯子的觸感很溫和。

安《やす》い 便宜的

こんなに安《やす》い価格《かかく》とはありえない。 怎麼可能有這麼便宜的價格。

柔《やわ》らかい 柔軟的

柔《やわ》らかい布団《ふとん》で寝《ね》たい。 我想睡在柔軟的棉被裡。

有名《ゆうめい》 有名的

将来有名《しょうらいゆうめい》な歌手《かしゅ》になりたい。 我希望未來能成為有名的歌手。

Track 295

よい 好的

よい酒《さけ》を準備《じゅんび》しておきます。 準備好上等的酒。

よろしい　好的

私《わたし》の言《い》い方《かた》はよろしいですか。　我的說法還好嗎？

弱《よわ》い　弱的

小《ちい》さいときから、いつも意志《いし》が弱《よわ》いです。
從小到大我總是意志很弱。

【副詞】

Track 296

ゆっくり　慢慢地

足《あし》をゆっくり動《うご》かしてみてください。　請試著慢慢活動你的腳。

よく　好好地、十分地、經常地

週末《しゅうまつ》にはよく図書館《としょかん》へ行《い》きます。　我週末經常去圖書館。

JLPT N4

ら／ラ 行

【一般名詞】

Track 297

ラーメン　拉麵

この後《あと》ラーメンを食《た》べに行《い》こう。　等會一起去吃拉麵吧。

来月《らいげつ》　下個月

来月《らいげつ》アメリカの大統領《だいとうりょう》は来日《らいにち》の予定《よてい》がある。
美國的總統預定下個月來日本。

来週《らいしゅう》　下週

来週《らいしゅう》の月曜日《げつようび》は彼女《かのじょ》の誕生日《たんじょうび》です。　下週的星期一是她的生日。

来年《らいねん》　明年

来年《らいねん》のこの時期《じき》も一緒《いっしょ》に来《き》てね。　明年的這個時期也請一起來。

ラジオ　收音機

今《いま》ラジオで何《なに》を放送《ほうそう》していますか。　現在收音機正在放什麼呢？

Track 297

ラジカセ　收錄音機

電気屋《でんきや》さんでラジカセを買《か》った。　我在電器店買了收錄音機。

理由《りゆう》 理由 □□□

彼《かれ》と離婚《りこん》した理由《りゆう》は何《なん》ですか。 你和他離婚的理由是什麼？

留学《りゅうがく》 留學（—する：留學） □□□

来年《らいねん》イギリスへ留学《りゅうがく》に行《い》きます。 我明年要去英國留學。

留学生《りゅうがくせい》 留學生 □□□

日本《にほん》にいる台湾《たいわん》の留学生《りゅうがくせい》が非常《ひじょう》に多《おお》い。 在日本有非常多台灣的留學生。

利用《りよう》 利用（—する：利用） □□□

いい機会《きかい》を利用《りよう》してください。 請利用好機會。

Track 297

寮《りょう》 宿舍 □□□

大学一年生《だいがくいちねんせい》のとき、寮《りょう》に住《す》んでいた。 大學一年級時我住在宿舍。

両親《りょうしん》 雙親 □□□

両親《りょうしん》はいつも私《わたし》を支持《しじ》している。 雙親總是支持著我。

両方《りょうほう》 兩方、兩邊

□□□

新郎新婦《しんろうしんぷ》両方《りょうほう》とも私《わたし》の知人《ちじん》です。 新郎新娘雙方都是我的熟人。

料理《りょうり》 料理、烹調

（—する：料理、烹調）

□□□

母《はは》が作《つく》った料理《りょうり》はすごく美味《おい》しいです。 母親做的料理非常美味。

旅館《りょかん》 旅館

□□□

泊《と》まる旅館《りょかん》を見《み》つけましたか。 你找到要住宿的旅館了嗎？

Track 297

旅行《りょこう》 旅行（—する：旅行）

□□□

イギリスへ旅行《りょこう》に行《い》きました。 我去英國旅行了。

りんご 蘋果

□□□

果物《くだもの》の中《なか》で、りんごが一番《いちばん》嫌《きら》いです。
所有水果之中，我最討厭蘋果。

留守《るす》 外出、不在家、看家

（—する：不在家、看家）

□□□

彼《かれ》は仕事《しごと》に行《い》って、今《いま》は留守《るす》です。 他去工作了，現在不在家。

留《る》守《す》番《ばん》 看家 □□□

彼女《かのじょ》は留《る》守《す》番《ばん》をしている。 她在看家。

冷蔵庫《れいぞうこ》 冰箱 □□□

冷蔵《れいぞう》庫《こ》にりんごが二《ふた》つある。 冰箱中有兩個蘋果。

Track 297

冷房《れいぼう》 冷氣 □□□

暑《あつ》いので、冷房《れいぼう》をつけてもいいですか。
由於很炎熱，可否打開冷氣？

歴《れき》史《し》 歴史 □□□

歴《れき》史《し》は繰《く》り返《かえ》す。 歴史是會反覆重演的。

歴年《れきねん》 長年累月 □□□

歴年《れきねん》の研究《けんきゅう》がやっと完成《かんせい》した。 長年累月的研究終於完成了。

レコード 唱片 □□□

彼《かれ》はＬＰレコードを収集《しゅうしゅう》している。 他在收集黑膠唱片。

レジ 收銀機、結帳櫃台 □□□

レジに人《ひと》がすごくたくさん並《なら》んでいる。 結帳櫃檯隊伍排得很長。

Track 297

レストラン　餐廳

その高《こう》級《きゅう》レストランの料《りょう》理《り》はとても美味《おい》しいです。
那間高級餐廳的料理非常美味。

レポート　報告

早《はや》くレポートを出《だ》してください。　請快點交報告。

練習《れんしゅう》　練習（—する：練習）

試合《しあい》のために練《れん》習《しゅう》しようよ。　我們來針對比賽練習吧！

連絡《れんらく》　聯絡（—する：聯絡）

何《なに》かあったら、連絡《れんらく》してください。　若有任何事請再聯絡我。

廊《ろう》下《か》　走廊

廊《ろう》下《か》で寝《ね》る事《こと》が大《だい》好《す》きです。　我喜歡睡在走廊。

Track 297

ローマ字《じ》　羅馬拼音

その単《たん》語《ご》をローマ字《じ》で表《ひょう》記《き》してください。
請將那個單字以羅馬拼音表示。

六《ろく》　六

□□□

大学卒業《だいがくそつぎょう》に六年《ろくねん》もかかりました。　大學花了六年才畢業。

ロシア　俄羅斯

□□□

ロシアに行《い》ったことがありません。　我沒去過俄羅斯。

ロビー　大廳、休息室

□□□

お客《きゃく》さんがロビーで待《ま》っている。　客人在大廳等待。

【形容詞】

立派《りっぱ》　華麗的、卓越的

Track 297

□□□

その立派《りっぱ》な服装《ふくそう》をしている女性《じょせい》はだれですか。
那位穿著華麗衣裳的女性是誰呢？

JLPT N4

わ ワ行

【一般名詞】

Track 298

ワープロ　文書處理器

最近《さいきん》の若者《わかもの》はワープロを知《し》らない人《ひと》が多《おお》い。
最近的年輕人很多都不知道什麼是文書處理器。

ワイシャツ　男生的襯衫

彼氏《かれし》の誕生日《たんじょうび》に、ワイシャツをプレゼントしました。
在男朋友生日時，我買了襯衫作為他的禮物。

ワイン　葡萄酒

白《しろ》ワインと赤《あか》ワイン、どっちが好《す》きですか。
白酒跟紅酒，你比較喜歡哪一種？

別《わか》れ　告別、分手

昨日《きのう》彼氏《かれし》に別《わか》れを告《つ》げました。　我昨天向男友提了分手。

訳《わけ》　意思、內容、理由、道理

彼《かれ》が何《なに》をしているか訳《わけ》がわからない、　我完全不懂他在做什麼？

Track 299

ワゴン車《しゃ》　旅行車

父《ちち》はワゴン車《しゃ》を買《か》いたがっています。　父親很想買一台旅行車。

和室《わしつ》 和室

□□□

洋室《ようしつ》より、和室《わしつ》のほうが好《す》きです。比起西式房間我更喜歡和室。

忘《わす》れ物《もの》 忘記的東西、忘記東西

□□□

彼《かれ》の家《いえ》に忘《わす》れ物《もの》をしました。我把東西忘在他家了。

私《わたくし》 我（用於正式場合）

□□□

今度《こんど》の事件《じけん》は私《わたくし》の責任《せきにん》です。這次的事件是我的責任。

私《わたし》 我

□□□

私《わたし》の息子《むすこ》は今高校生《いまこうこうせい》です。我的兒子現在是高中生。

割合《わりあい》 比例（副詞：比較地、意外地）

□□□

二種《にしゅ》のジュースを三対二《さんたいに》の割合《わりあい》で混《ま》ぜ合《あ》わせる。
將兩種果汁以三比二的比例混合。

【動詞】

Track 300

沸《わ》かす　燒熱、沸騰

風呂《ふろ》を沸《わ》かしてから入《はい》る。先燒熱洗澡水再進去。

わかる　了解、明白、懂

彼《かれ》が言《い》った事《こと》がわかりますか。你明白他說的事情嗎？

別《わか》れる　告別、分手

十年《じゅうねん》付《つ》き合《あ》った彼女《かのじょ》に別《わか》れてほしいと言《い》われた。交往了十年的女友對我說希望我能和她分手。

沸《わ》く　沸騰

笛吹《ふえふき》ケトルはお湯《ゆ》が沸《わ》いた時《とき》に笛《ふえ》の音《おと》で知《し》らせてくれる。笛音壺會在水燒開時用笛音通知我們。

忘《わす》れる　忘記

そのときのことを忘《わす》れてください。請忘掉當時的事情。

Track 301

渡《わた》す　轉交、移交

昨日《きのう》この資料《しりょう》を先生《せんせい》に渡《わた》しました。昨天我將這個資料轉交給老師了。

渡《わた》る　渡、經過　□□□

歩道橋《ほどうきょう》を渡《わた》ったらすぐ学校《がっこう》に着《つ》きます。　過了天橋後馬上就會到學校。

笑《わら》う　笑、取笑　□□□

その子《こ》はずっとニコニコと笑《わら》っている。　那個孩子一直笑著。

割《わ》れる　破裂、分歧　□□□

窓《まど》ガラスが台風《たいふう》で割《わ》れた。　窗戶的玻璃因颱風碎裂。

形容詞

若《わか》い　年輕的

彼女《かのじょ》は若《わか》いけど、体力《たいりょく》がない。　她很年輕，但體力卻不好。

悪《わる》い　壞的

先生《せんせい》に頭《あたま》が悪《わる》いと言《い》われた。　老師說我的頭腦很差。

隨堂小測驗

請根據題意，選出正確的選項。

(　　) 1. 彼《かれ》は仕事《しごと》に行《い》って、今《いま》は「留守《るす》」です。

(A) 外出　(B) 顧家　(C) 駐守　(D) 加班

(　　) 2. お客《きゃく》さんを迎《むか》える「用意《ようい》」ができましたか。

(A) 心情　(B) 費用　(C) 準備　(D) 東西

(　　) 3. 父《ちち》は「ワゴン車《しゃ》」を買《か》いたがっています。

(A) 跑車　(B) 拖車　(C) 卡車　(D) 旅行車

(　　) 4. 「役《やく》に立《た》っ」道具《どうぐ》がほしいです。

(A) 派上用場　(B) 沒用　(C) 實用　(D) 好上手

(　　) 5. 昨日《きのう》この資料《しりょう》を先生《せんせい》に「渡《わた》しました」。

(A) 郵寄　(B) 度過　(C) 轉交　(D) 傳送

(　　) 6. 私《わたし》の言《い》い方《かた》は「よろしい」ですか。

(A) 不好的　(B) 優良的　(C) 完美的　(D) 好的

(　　) 7. 彼女《かのじょ》は「若《わか》い」けど、体力《たいりょく》がない。

(A) 年輕的　(B) 年紀大的
(C) 幼小的　(D) 長大成人的

(　　) 8. その高級《こうきゅう》「レストラン」の料理《りょうり》はとても美味《おい》しいです。

(A) 雜誌　(B) 旅館　(C) 飯廳　(D) 餐廳

解答：1. (A)　2. (C)　3. (D)　4. (A)
5. (C)　6. (D)　7. (A)　8. (D)

日検N4單字總複習

(　　) 1. 昨日、____の前で彼女に会いました。
(A) 開ける　(B) アパート　(C) 音楽　(D) お菓子

(　　) 2. 駅の前で____ましょう。
(A) 集め　(B) 落し　(C) 思い　(D) 押し

(　　) 3. 彼の仕事はいつも______です。
(A) 暖かい　(B) 痛い　(C) 美しい　(D) 忙しい

(　　) 4. 太田さんは______な人です。
(A) 一生懸命　(B) 色々　(C) 暑い　(D) 浅い

(　　) 5. 果物を____から食べましょう。
(A) 食べて　(B) 洗って　(C) 言って　(D) 歩いて

(　　) 6. 彼は____人ですから、友達が一人もないです。
(A) 嫌な　(B) 美しい　(C) 辛い　(D) 伺う

(　　) 7. 君のせいではありません。______ないでください。
(A) 遊ば　(B) 謝ら　(C) 祈ら　(D) 貸さ

(　　) 8. 応接間に____してくれませんか。
(A) 財布　(B) サンダル　(C) 案内　(D) 退院

(　　) 9. 妹さんの______ですか。
(A) イヤリング　(B) インド　(C) いとこ　(D) 一緒

(　　) 10. 100円で90円のお菓子を買って、10円の______が返ってくれます。
(A) 音　(B) お釣り　(C) 荷物　(D) バイク

(　　) 11. 社長は今会議室で______います。
(A) 買って　(B) 残業　(C) 待って　(D) 自由

(　　) 12. あのイギリス人は____をたくさん知っています。すごいですね。
(A) 機会　(B) 漢字　(C) 危険　(D) 韓国

(　　) 13. 美智子さんは____で働きます。
(A) 教室　(B) 会議室　(C) 科学　(D) 銀行

(　　) 14. 彼女の________は無されました。
(A) 救急　(B) 初め　(C) まずい　(D) キャッシュカード

(　　) 15. 危険ですので、______を破らないように気をつけてください。
(A) 体　(B) ガラス　(C) カラオケ　(D) ガソリン

(　　) 16. 井上先生はいつもおかしい______で学校に行きます。
(A) 格好　(B) 体　(C) 漫画　(D) 旅行

(　　) 17. 靴の売り場は______です。
(A) 昨日　(B) 二階　(C) 最近　(D) 大学

(　　) 18. 彼女の趣味は____を読むことです。
(A) 小説　(B) 音楽　(C) 絵　(D) サッカー

(　　) 19. 今日は____するから、家に帰らない。
(A) 残業　(B) 散歩　(C) 勤める　(D) 拝見

(　　) 20. 今日は子どもたちと野球をして______。
(A) 歩いた　(B) 走った　(C) 疲れた　(D) 死んだ

(　　) 21. アメリカ人は____を使わないです。
(A) 野菜　(B) 箸　(C) 発音　(D) 鉛筆

(　　) 22. 日本は他国に色々な電気用品を____している。
(A) 時々　(B) 予約　(C) 予定　(D) 輸出

(　　) 23. この____に銀行がありますか。
(A) 近く　(B) チェック　(C) 棚　(D) 場合

(　　) 24. 明日駅で会いましょう。絶対に______しないでくださいね。
(A) 地下鉄　(B) 遅刻　(C) 賑やか　(D) ナイフ

(　　) 25. 何かあっても、____まで守ります。
(A) 最後　(B) 一番　(C) 匂い　(D) 名前

(　　) 26. 地理のテストで 100 点を_______。
(A) 泊めました　(B) 待ちました　(C) 撮りました　(D) 取りました

(　　) 27. 時間がないから、レポートを______に書きました。
(A) 適当　(B) 楽しい　(C) 遠い　(D) どうして

(　　) 28. ______をかけている女性は母です。
(A) 靴下　(B) 眼鏡　(C) スカート　(D)T シャツ

(　　) 29. ______の中で白い馬に乗っている少年に出会った。
(A) 虫眼鏡　(B) 森　(C) 問題　(D) 海

(　　) 30. 約束の時間です。もう______ません。
(A) 回し　(B) 見え　(C) 間に合い　(D) 向かい

(　　) 31. 空港まで____。
(A) 剥く　(B) 確認する　(C) 研究する　(D) 迎える

(　　) 32. 私は北村遥と______。
(A) もらいます　(B) 申します　(C) 言います
(D) 呼びます

(　　) 33. 玲奈さんは病気で今日は______。

(A) 休みます　(B) 行きます　(C) よい　(D) 寝ます

(　　) 34. ______がわかりますが、平仮名はわかりません。

(A) 連絡　(B) 廊下　(C) ローマ字　(D) りんご

(　　) 35. この研究の完成は______もかかりました。

(A) いくつ　(B)6 年　(C) 訳　(D) 易しい

(　　) 36. ご______歩いてください。

(A) ユーモア　(B) 辞める　(C) よく　(D) ゆっくり

(　　) 37. ______晴れた日。よかったですね。

(A) よく　(B) 役得　(C) 珍しい　(D) 無駄

(　　) 38. 彼女は______本を読みます。

(A) バイト　(B) 美容院　(C) 褒める　(D) よく

(　　) 39. 試合のために、毎日______まで練習する。

(A) 昨日　(B) 先週　(C) 遅く　(D) 強い

(　　) 40. 甘いものが大好きですので、紅茶に______を入れてほしいです。

(A) 皿　(B) 砂糖　(C) 台所　(D) タイプ

(　　) 41. 姫様になった____を見ました。

(A) 夢　(B) 村　(C) 予約　(D) 喜ぶ

(　　) 42. 冬になると、____なる。

(A) 寒い　(B) 寒く　(C) 暑い　(D) 暑く

(　　) 43. パリに行く____です。

(A) 予定　(B) 林　(C) 反対　(D) ビール

(　　) 44. ______に屋上で寝ていました。

(A) 昨日　(B) 昼休み　(C) 明後日　(D) 再来週

(　　) 45. 彼女は高い______を買ってくれました。

(A) プレゼント　(B) 台風　(C) 文化　(D) 貿易

(　　) 46. 来月アメリカに________。

(A) 開きます　(B) 引っ越します　(C) 吹きます　(D) 休みます

(　　) 47. 彼女は元彼と撮った____を焼いた。

(A) 写真　(B) 手紙　(C) プレゼント　(D) 音楽

(　　) 48. 日本には台湾の______がないです。

(A) 大使館　(B) 果物　(C) 人　(D) 縦

(　　) 49. ______で学校に行きませんでした。

(A) 面白い　(B) 寝坊　(C) ノート　(D) 習う

(　　) 50. 彼女は大学で______を専攻しています。

(A) レジ　(B) 山道　(C) 郵便局　(D) 農業

解析

（B）1. **中譯** 昨天在公寓前面遇到她。
(A) 開、打開　(B) 公寓　(C) 音樂　(D) 點心

（A）2. **中譯** 在車站前面集合吧。
(A) 集合　(B) 扔下、弄掉、使落下　(C) 想、認為、覺得　(D) 按、推

（D）3. **中譯** 他的工作一直都很忙。
(A) 溫暖的、溫熱的　(B) 痛的、痛苦的　(C) 美麗的　(D) 忙碌的

（A）4. **中譯** 太田先生是個努力的人。
(A) 拼命的、努力的　(B) 各式各樣的 (副詞 : 種種)　(C) 熱的　(D) 淺的

（B）5. **中譯** 水果要洗完再吃。
(A) 吃　(B) 洗滌　(C) 說、講　(D) 走

（A）6. **中譯** 他是一個惹人厭的人，所以連一個朋友都沒有。
(A) 討厭的　(B) 美麗的　(C) 辛苦的　(D) 打聽、拜訪

（B）7. **中譯** 不是你的錯，請不要道歉。
(A) 玩　(B) 道歉　(C) 祈禱　(D) 借出

（C）8. **中譯** 你可以帶我到會客室嗎？
(A) 錢包　(B) 涼鞋　(C) 引導、導覽　(D) 出院

（A）9. **中譯** 這是你妹妹的垂墜耳環嗎？
(A) 垂墜耳環　(B) 印度　(C) 堂 (表) 兄弟姐妹　(D) 一起、一樣

（B）10. **中譯** 用一百日圓買了 90 日圓的點心，會找 10 日圓的錢。
(A) 聲音　(B) 找錢　(C) 行李　(D) 機車

（C）11. **中譯** 社長現在在會議室等著。
(A) 買　(B) 加班　(C) 等　(D) 自由

（B）12. **中譯** 那個英國人認得很多漢字，好厲害啊。
(A) 機會　(B) 漢字　(C) 危險　(D) 韓國

（D）13. **中譯** 美智子小姐在銀行工作。
(A) 教室　(B) 會議室　(C) 科學　(D) 銀行

（D）14. **中譯** 她的提款卡不見了。
(A) 急救　(B) 開始　(C) 難吃的　(D) 提款卡

（B）15. **中譯** 因為很危險，所以請注意不要打破玻璃。
(A) 身體　(B) 玻璃　(C) 卡拉 OK　(D) 汽油

（A）16. **中譯** 井上老師每次都打扮得很奇怪去學校。
(A) 外表、姿態、體面　(B) 身體　(C) 漫畫　(D) 旅行

（B）17. **中譯** 鞋子的賣場在二樓。
(A) 昨天　(B) 二樓　(C) 最近　(D) 大學

（A）18. 中譯 她的興趣是看小説。
(A) 小説　(B) 音樂　(C) 畫　(D) 英式足球

（A）19. 中譯 今天要加班，所以不回家。
(A) 加班　(B) 散步　(C) 工作、任職、擔任　(D) (謙讓語) 拜讀 (一する：拜讀)

（C）20. 中譯 今天跟小朋友們打棒球打到累了。
(A) 走了　(B) 跑了　(C) 累了　(D) 死了

（B）21. 中譯 美國人不用筷子。
(A) 蔬菜　(B) 筷子　(C) 發音　(D) 鉛筆

（D）22. 中譯 日本向其他國家輸出各式各樣的電器用品。
(A) 有時　(B) 預約　(C) 預定　(D) 輸出

（A）23. 中譯 這附近有銀行嗎？
(A) 附近　(B) 確認、檢查、格紋、支票　(C) 架子、櫃子　(D) 場合、狀況、情形

（B）24. 中譯 明天在車站見吧。請絕對不要遲到喔。
(A) 地下鐵　(B) 遲到　(C) 熱鬧的　(D) 刀子

（A）25. 中譯 不管發生什麼事，我都會保護到最後。
(A) 最後　(B) 第一　(C) 味道　(D) 名字

（D）26. 中譯 在地理小考中拿了一百分。
(A) 留宿、住宿　(B) 等待　(C) 照相、攝影　(D) 拿、取、花費、除掉

（A）27. 中譯 隨便的寫了報告。
(A) 適當的、隨便的　(B) 愉快的、高興的　(C) 遠的　(D) 為什麼

（B）28. 中譯 那個戴著眼鏡的人是我媽媽。
(A) 襪子　(B) 眼鏡　(C) 裙子　(D)T 恤

（B）29. 中譯 在森林裡遇見了騎著白馬的少年。
(A) 放大鏡　(B) 森林　(C) 問題　(D) 海

（C）30. 中譯 約定好的時間到了，已經來不及了。
(A) 轉動、旋轉、巡迴、繞道　(B) 看得見、看起來像……　(C) 趕上　(D) 對著、朝著

（D）31. 中譯 到機場接你。
(A) 剝去、剝掉　(B) 確認　(C) 研究　(D) 迎接

（B）32. 中譯 我叫北村遙。
(A) 接受、得到　(B) (謙遜語) 説、叫　(C) 説、講　(D) 喊、叫

（A）33. 中譯 玲奈小姐今天生病所以請假。
(A) 休息、休假　(B) 去　(C) 好的　(D) 睡覺

（C）34. 中譯 羅馬拼音看得懂，但不懂平假名。
(A) 聯絡　(B) 走廊　(C) 羅馬拼音　(D) 蘋果

（B）35. 中譯 這個研究的完成花了六年。
(A) 幾歲　(B)6 年　(C) 意思、內容、理由、道理　(D) 簡單的

（D）36. 中譯 請慢慢地走。
(A) 幽默　(B) 辭去　(C) 好好地、十分地、經常地　(D) 慢慢地

（A）37. **中譯** 超級大晴天，真是太棒了呢。
(A) 好好地、十分地、經常地　(B) 額外的好處　(C) 稀奇的、少見的　(D) 沒用的

（D）38. **中譯** 她很常看書。
(A) 打工　(B) 美容院　(C) 誇獎　(D) 好好地、十分地、經常地

（C）39. **中譯** 為了比賽，每天都練習到很晚。
(A) 昨天　(B) 上週　(C) 慢的、晚的　(D) 強的

（B）40. **中譯** 因為喜歡甜的，所以希望可以在紅茶裡加糖。
(A) 盤子　(B) 砂糖　(C) 廚房　(D) 類型

（A）41. **中譯** 夢到變成公主的夢。
(A) 夢　(B) 村子　(C) 預約　(D) 喜悅

（B）42. **中譯** 到了冬天就會變冷。
(A) 寒冷的　(B) 變冷　(C) 炎熱的　(D) 變熱

（A）43. **中譯** 預定要去巴黎。
(A) 預定　(B) 樹林　(C) 相反、反對　(D) 啤酒

（B）44. **中譯** 午休時在屋頂上睡覺。
(A) 昨天　(B) 午休　(C) 後天　(D) 下下週

（A）45. **中譯** 她買了很貴的禮物給我。
(A) 禮物　(B) 颱風　(C) 文化　(D) 貿易

（B）46. **中譯** 下個月要搬去美國。
(A) 打開　(B) 搬家　(C) 吹　(D) 休息

（A）47. **中譯** 她燒了和前男友一起照的相片。
(A) 相片　(B) 信　(C) 禮物　(D) 音樂

（A）48. **中譯** 日本沒有台灣的大使館。
(A) 大使館　(B) 水果　(C) 人　(D) 縱向

（B）49. **中譯** 因為睡過頭沒有去學校。
(A) 有趣的　(B) 賴床　(C) 筆記本　(D) 學習

（D）50. **中譯** 她在大學時主修農業。
(A) 收銀機、結帳櫃台　(B) 山路　(C) 郵局　(D) 農業

原來如此 系列 J054

JLPT新日檢【N4字彙】考前衝刺大作戰

掌握日檢必考單字，用最少的時間準備也能輕鬆應考，一試合格！

作　　者　費長琳、黃均亭◎合著
顧　　問　曾文旭
社　　長　王毓芳
編輯統籌　耿文國、黃璽宇
主　　編　吳靜宜
執行主編　潘妍潔
執行編輯　吳芸蓁、吳欣蓉
美術編輯　王桂芳、張嘉容
特約校對　楊孟芳
特約編輯　徐柏茵
法律顧問　北辰著作權事務所　蕭雄淋律師、幸秋妙律師

初　　版　2022年06月
出　　版　捷徑文化出版事業有限公司
電　　話　（02）2752-5618
傳　　真　（02）2752-5619

定　　價　新台幣320元／港幣107元
產品內容　1書

總 經 銷　采舍國際有限公司
地　　址　235新北市中和區中山路二段366巷10號3樓
電　　話　（02）8245-8786
傳　　真　（02）8245-8718

港澳地區經銷商　和平圖書有限公司
地　　址　香港柴灣嘉業街12號百樂門大廈17樓
電　　話　（852）2804-6687
傳　　真　（852）2804-6409

本書圖片由Shutterstock提供

捷徑Book站

本書如有缺頁、破損或倒裝，
請聯絡捷徑文化出版社。

國家圖書館出版品預行編目資料

JLPT新日檢【N4字彙】考前衝刺大作戰 /
費長琳, 黃均亭合著. -- 初版. -- [臺北市] :
捷徑文化出版事業有限公司, 2022.06
　面；　公分. --（原來如此：J054）

ISBN 978-626-7116-05-0(平裝)

1. CST: 日語　2. CST: 詞彙　3. CST: 能力測驗

803.189　　　　　　　　111006081

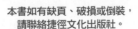